退休逍遙遊（1）
83 天從歐洲坐郵輪到南美各國，南極半島，墨西哥城自由行

全程旅遊路線：

1. 紅點 - 各地站點；2. 藍點 - 郵輪航線；3. 綠點 - 飛機航程

導讀

意大利，南美，墨西哥城，是 " 罪惡 " 之城？不安全？危險？看完本書，你會安心到上述國家自由行！

到南美旅遊，路途遙遠，要困坐 30 多小時飛機航程，腰痠背痛？看完本書，你會找到享受路途遙遠的樂趣。

到南美窮遊辛苦，豪遊經濟壓力大！看完本書，你會發覺祇需 1/2 的旅費，便可享受坊間南美豪華遊的待遇。

這書介紹你安排一個舒適，愉快，平安的遊程去感受數百年前航海探險家哥倫布和麥哲倫發現新大陸時的艱苦和驚濤駭浪的歷程。

當世人歌頌數百年前發現新大陸者的勇敢和勝利，有否從另角度感受南美洲原居民的被侵略和被奴役的痛苦和悲哀！這書讓你以更深層的角度，更廣濶的眼光，去體驗不同身份者的喜與悲。

讀完此書，希望同在享受金秋成果的朋友，以他們前半生努力賺取的金錢，去合理地花費，用得其所，去遊歷世界，享受人生，感受人生！

目錄

導讀 2

INTRODUCTION 6

序言 7

序言　2 8

作者簡介 9

前言 10

歐洲站

意大利　第一站　　米蘭 Milano 12
　　　　☆被剝皮的聖保多羅梅☆

　　　　第二站　　五漁村 Cinque Terre 20
　　　　☆與世隔絕的純樸天堂☆

　　　　第三站　　薩沃納 Savona 25
　　　　☆郵輪母港☆

西班牙　第四站　　巴塞隆那 Barcelona 29
　　　　☆翻生瑪莉連夢露☆

非洲站

摩絡哥　第五站　　卡薩布蘭加 Casablanca 34
　　　　☆白屋城市☆

西班牙　第六站　　聖克魯斯（德特內里費）加那利羣島 Santa Cruz
　　　　　　　　　(Tenerife) Cannery Island 40
　　　　☆非洲黑奴的轉運站☆

　　　　橫越大西洋跨過地球赤道線 五天歡樂的海上航行 45
　　　　☆悲哀的運奴航道☆

南美洲

巴西　　第七站　　累西非 Recife 49
　　　　☆黑人奴隸被販賣到南美洲的第一站☆

　　　　第八站　　馬塞約 Maceio 55
　　　　☆仍保留葡萄牙殖民時代色彩的度假勝地☆

第九站　　薩爾瓦多 Salvador 57
☆金碧輝煌的聖佛朗斯哥教堂內懷了孕的女黑奴雕像☆

第十站　　里約熱內盧 Rio de Janeiro 63
☆友善，熱情的巴西人☆

阿根廷　第十一站　布宜諾斯艾利斯 Buenos Aires (1) 71
☆美麗，浪漫又無奈的布宜諾斯艾利斯☆

智利　第十二站　聖地牙哥 Santiago 88
☆建城者的威武和守城者的悲壯☆

第十三站　蒙得港 Puerto Montt 102
☆冷艷的奧蘇武火山下的里安基于湖☆

第十四站　奇洛埃島上的卡斯特羅 Castro isla de Chiloe 106
☆名列 UNESCO 的木教堂和七彩高腳小屋☆

第十五站　蓬特查卡布科 Puerto Chacabuco 111
☆巴塔哥尼亞山腳下寧靜，純樸的小鎮☆

智利峽灣巡遊 Chilean Fjords 115
☆像阿拉斯加蛋糕奶油層的冰川☆

第十六站　蓬特亞雷納斯港 Punta Arenas 119
☆如恐龍，在地球上絕了種的火地島原居民☆

阿根廷　第十七站　烏斯懷亞 Ushuaia 126
☆攜手於世界盡頭☆

南極　第十八站　南極半島 Antarctica Peninsula 132
☆別被固有的認知，窒礙了認識世界的空間☆

英屬福克　第十九站　斯丹利港 Stanley 140
蘭群島　☆恐怖！敵人往往就在你身邊！☆

阿根廷　第二十站　馬德林港 Puerto Madryn 147
☆羨慕雄性象鼻海豹嗎？多妻而不須負養子責任☆

南美洲

烏拉圭　第二十一站 蒙得維的亞 Montevideo 153
　　　　☆建國之父阿蒂加斯將軍的墓室☆

阿根廷　第二十二站 布宜諾斯艾利斯 Buenos Aires (2)..................... 160
　　　　☆嘿！情是何物？Don't cry for me Argentina ☆

玻利維亞 第二十三站 拉巴斯 La Paz 172
　　　　☆咳到出血的高山症！☆

秘魯　　第二十四站 利馬 Lima (1) 181
　　　　☆受尊敬的聖羅撒修女☆

　　　　第二十五站 柏拉卡斯 Paracas 與 納斯卡線條圖 Nazca Line 187
　　　　☆送你座金山銀山，讓你富貴一生？☆

　　　　第二十六站 利馬 Lima (2) 194
　　　　☆螳臂擋車，如何能不滅亡？！☆

　　　　第二十七站 奇克約 Chiclayo 201
　　　　☆內心是發泡膠的蘆葦草船☆王死，妻兒齊被殉葬的西潘王朝☆

　　　　第二十八站 特魯希約 Trujillo 209
　　　　☆曾是盛世的「昌昌古城」和莫切文化☆

　　　　第二十九站 利馬 Lima (3) 221
　　　　☆秘魯獨有美食「孤兒」天竺鼠☆

中美洲

墨西哥　第三十站　墨西哥城 Mexico City...................................... 233
　　　　☆罪惡之城？非也，是充滿驚喜的藝術之都！☆

北美洲

美國　　圓滿的尾站 西雅圖 Seattle 243
　　　　☆完美的探親之旅☆

　　　　後記 244

INTRODUCTION

This book is more than a typical travel book in three major distinctions.

1/ Variety

The author introduced many parts of the world that we usually thought not worth the time and efforts to visit.

Yet, these locations certainly bring to the traveler different angles of history and lifestyles of humankind.

2/ Emotions

Due to the unique selections of locations, the reader will experience emotions as if they themselves are physically there!

The author continued to vividly describe the various aspects of the attractions that the readers can certainly echo the author's emotions as richly shown through her excellent writing.

3/ Growth

As we learned the history and embraced by the location scenery, we can feel we are learning and growing our understanding of human beings.

This benefit is beyond the mere enjoyment of picturesque sights, as generally offered by typical travel books.

All in all, for those travelers who wish to learn the true value of traveling, this book offers certain unique insights of numerous world-wide places for us to experience and benefit!

Prof Philip Cheng
鄭樹英教授
October 22, 2018

序言

Professor Philip Cheng，鄭樹英教授是我的伯樂和恩師，我們相識，相遇於偶然，相互交流到各地旅遊的心得。鄭教授鼓勵我將旅遊中的所見所聞和經歷寫成書，他燃起我少年時的夢想（做作家）。

執筆寫這本書的初期，了無頭緒，落筆沉悶，後來得到鄭教授的指點，提問，漸漸的成形了。鄭教授本人是一個資深的金融投資專家，他自己亦出版有關金融投資的書籍，他的著作《鱷口下的賺錢術》，更令他的讀者們獲益良多。今次得到他的仗義幫忙，是我畢生的榮幸。

鄭教授為這本書寫的英文序，令我書漆上了無限的光彩和特色。香港是個國際大都會，二文三語是香港的教育基本（中，英二文，廣東話，普通話，英語就是三語），鄭教授令我書體驗了香港的特殊文化。

鄭教授寫的英文序文，贊得我有點汗顏，但事實他序文內的內容精要，活現了我寫這書的動機和所見所聞，希望讀者們喜歡。

作者　余陳睿珊

序言　2

　　賽珊是我多年的好友，她時刻充滿活力，凡事都充滿好奇和興趣。她熱愛旅遊，喜歡自由行、深度遊，每次旅遊前，她都會做一番工夫，搜集資料。她喜歡歷史，喜歡透過親歷其境和觀賞當地博物館來引証、推敲從書本文字記載的  歷史知識，使她從中獲得莫大的樂趣。今次她供諸同好，把從歐洲到南美，到南極，再到中南美洲之旅的所見所聞，一一記錄下來，呈現給讀者，提供極具價值的資料給讀者參考。

教育工作者　王珠

　　王珠女仕是我多年好友，她熱衷於她的教育事業之餘，也熱衷於結伴同遊於世界七大洲。她今次為我寫序，文短而意深，盡道出我寫這書的意念和心聲，希望讀者看後會喜歡和享受這書帶給大家的樂趣。

作者　余陳賽珊

作者簡介

我在建築業界工作多年，在
2008 年變成一個雷曼苦主，經歷
美國金融爆破，雷曼兄弟破產，我
承受了大量的金錢損失，自此驚覺
金錢的真正作用和功能，我開始分
散投資，投資在有限的生命裏，令
它更豐富，更充實，更有意義！我
到世界各地去旅遊，擴闊自己的眼
光；學中醫，使之健康養生；學歷史，
知古而看今；睇歌劇，了解更多各
地的文化進程；做義工，開拓心懷
去感受人生。感謝上天，賜我今生

為人，讓我感受人生中的喜怒哀樂，也有機會讓我看看世界各地其他
人的喜怒哀樂。這本書是我從歐洲到南美，南極半島，再到中美洲，
以至美國西雅圖為尾站的經歷和體驗。在旅程中，我們航經哥倫布和
麥哲倫兩位航海探險家的路綫，體驗當年南美洲被殖民化的悲慘歷史，
感受非洲黑奴從非洲被人販買到南美洲為奴的辛酸故事，如此種種，
都是我寫本書的動力，希望與各位讀者分享。

作者　余陳賽珊

前言

退休消遙遊（①1）
（航經哥倫布和麥哲倫數百年前航海探險之路）

　　我們這次的旅程，從歐洲的意大利米蘭開始，到美國西雅圖尾站止，全程八十三天，途經歐洲，非洲，橫跨赤道，航越大西洋，到達南美，遊歷南美七國，南極半島，中美洲等，總共三十站，在美國西雅圖完成完美溫暖馨的尾站後，便飛回香港。

　　香港（中國）✈ 1. 米蘭（意大利）Milano（意大利）🛥 2. 五魚村（意大利）🚋 3. 薩沃那（意大利）🚢 4. 巴塞隆那（西班牙）🚢 5. 卡薩布蘭加（摩洛哥）🚢 6. 聖克魯斯（德特內里費）加那利羣島（西班牙）🚢 五天赤道大西洋海上航行 7. 累西非（巴西）🚢 8. 馬塞約（巴西）🚢 9. 薩爾瓦多（巴西）🚢 10. 里約熱內盧（巴西）🚢 11. 布宜諾斯艾利斯（阿根廷）✈ 12. 聖地牙哥（智利）🚌 聖安東尼奧（智利）🚢 13. 蒙得港（智利）🚢 14. 卡斯特羅（奇洛埃島智利）🚢 15. 蓬特查卡布科（智利）🚢 16. 蓬特亞雷納斯港（智利）🚢 17. 烏斯懷亞（阿根廷）🚢 18. 南極半島（南極）🚢 19. 斯丹利港（福克蘭羣島英國）🚢 20. 馬德林港（阿根廷）🚢 21. 蒙得維的亞（烏拉圭）🚢 22. 布宜諾斯艾利斯（阿根廷）✈ 23. 拉巴斯（玻利維亞）✈ 24. 利馬1(秘魯)🚌 25. 柏拉卡斯 ✈ 納斯卡線條圖（秘魯）🚌 26. 利馬2(秘魯)🚌 27. 奇克約（秘魯）🚌 28. 特魯希約（秘魯）🚌 29. 利馬3(秘魯)✈ 30. 墨西哥城（墨西哥）✈ 尾站西雅圖（美國）✈ 香港（中國）

　　指引：

✈	🛥	🚋	🚢	🚌	✕
國際航機	高速火車	本地火車	郵輪	旅遊大巴	小型飛機

83 天的行裝：每人各自帶一個 24 吋至 26 吋中唸，背一個背包（背囊）。各自的唸和背包內帶備各自的護照，手機，相機，記憶卡，望遠鏡，信用卡，美金，歐羅，頸枕；日用品則包括三套短袖夏天衣服，三套秋涼的衣服，三套冬天衣服，禦寒大衣，防雪外衣，一套郵輪晚宴晚裝，游泳衣，數套內衣褲和襪，自各所需藥物，拖鞋，跳舞鞋，晚宴用

米蘭中央火車站和我們所有的行裝

的小手袋，護膚品，輕便化裝品，晚宴首飾（只在晚宴時帶上，平日出街忌帶），雨衣，雨傘，運動鞋穿在腳上上飛機；每天手洗更換下來的衣服，以上的行裝足夠有餘。

從香港直飛到米蘭祇需 12 小時 45 分。

2017 年 11 月 15 日凌晨，我們乘坐國泰航機（單程 HKD3800/ 人）飛往意大利米蘭，當地 11 月 15 日的早上 7 時許到達機場。

落地後可乘捷運火車，的士或機場巴士到市中心。捷運火車票價 € 19/ 人，的士是 € 90/ 車，機場巴士則 € 16/ 人。

史福莎斯哥城堡全境

第一站 米蘭 Milano
☆被剝皮的聖保多羅梅☆

和平拱門 Arco Della Pace

我們從機場坐機場巴士（€ 16/ 人）到米蘭市中心要轉地鐵到蘭卡斯特酒店住兩晚（3 星級，房價 HKD525/ 晚，連早餐），它位於和平拱門 Arco Della Pace 附近，是史福莎斯哥城堡 Castello Sforzesco 的另一方出口處，是著名的旅遊點之一，附近有很多餐廳、咖啡室。

史福莎斯哥城堡 Castello Sforzesco

史福莎斯哥城堡 Castello Sforzesco 是十五世紀時米蘭的史福莎斯哥公爵所建，城堡很大，內有博物館和珍貴的展品，如 Pieta' Rondanini 羅達里尼未完成的聖殤雕像，很值得一看。

意大利米蘭是個藝術之都，藝術氣氛很濃厚，博物館，畫廊，藝術學院，到處都是。行走在市中心內的公共交通有電車，巴士，地鐵，當然還有的士。在米蘭市內乘搭公共交通工具到各境點十分方

史福莎斯哥城堡正門

便，單程票價€ 1.5 歐元，如其它的
歐洲城市，都是 90 分鐘內有效轉
乘其他公共交通工具，單日票
價是€ 4.5 歐元，一天內可任
乘任何市內公共交通工具，
如一天走多個景點，最好是
買單日票，米蘭的公共交通
工具上很多時都會查票的。
不過如你年青力壯，又不怕
走路，單程票也是很好的選
擇，因米蘭市內的景點很集中，
很多都在附近。打開 Google map
或 maps. me 就可了解到了。

未完成的聖殤雕像

我們到米蘭中心的米蘭大教堂
(Milan Cathedral)，此教堂位於
多蒙廣場 (Plazza Del Duomo)
在 Duomo 地鐵站下車上地面就
可看到。它的左面就是著名的
艾曼紐二世名店拱廊 (Galleria
Vittorio Emanuele II)，
右面是米蘭王宮 (Palazzo
Reale)，斯卡拉大劇院
(Teatro alla Scala) 就在艾
曼紐二世拱廊的後面不遠處，在
兩者之間的小廣場，矗立著達芬奇
Leonardo da Vinci 的雕像，總之在
Duomo 廣場放射出去，你會找到很多值得去的景點。

達芬奇 Leonardo da Vinci 的雕像

13

米蘭大教堂 (Milan Cathedral)

米蘭大教堂是到米蘭必遊之地標，教堂起建於 1386 年，建成至最後一度門裝上是 1960 年，歷時 574 年。教堂是哥德式建築，外牆精雕細琢，巧奪天工，講述了很多聖經上的故事。原來過去的歐州各國，也不是全民識字，很多是文盲的，教會傳教時講述聖經內的事績，都靠刻在教堂外牆或畫在教堂內牆上的圖畫，讓民眾看畫認識聖經，以便傳教。

米蘭大教堂

入教堂要付門票：

大教堂，小聖堂，博物館	€ 3
地下考古區	€ 7
單攻頂 – 電梯	€ 13
爬樓梯	€ 9
Duomo pass A (全包搭電梯)	€ 16
Duomo pass B (全包爬樓梯)	€ 12

教堂內的彩色玻璃窗畫和金色的雕像

入到教堂內，寧靜，莊嚴，宏偉，令人肅然起敬。有很多彩色玻璃窗上畫了各種聖經事績，太陽光從窗外射進來，清晰美麗又神聖，還有不少聖人雕像，其中最令我留下深刻印象的是聖保多羅梅 (Saint Bartholomew) 的筋肉人雕像，雕像的筋膜肌肉線條清晰，血管脈絡仔細明確，他拿著一本書 (應該是聖經吧) 披着自己被人剝下來的人皮，站在那裡看著每個來訪者，好像告訴他們，你我的皮下都是一樣，祇有思想和價值觀不同。據說他的皮是他到印度傳教時被異教徒剝下來的。

在這「藝術之都」的街上行行，走走，逛逛，抬抬頭，你都會發現一些有趣的裝飾在建築物上。

在屋角飛躍出來的豹子原來是個出水渠口

聖保多羅梅的筋肉人雕像

聖母瑪利亞修道院和達芬奇的最後的晚餐
Santa Maria Della Grazie and Da Vinci Last Supper

聖母瑪利亞修道院可乘有軌電車前往，視乎你從那裡出發，修道院前方有 tram 站。1980 年已被納為世界文化遺產 UNESCO。在修道院的食堂上有著名的達芬奇名畫《最後的晚餐》。進入修道院是免費的，但看名畫則要買門票，費用是€ 12 歐元，但請十日前購票，因每天參觀人數都爆滿，所以如你少於十天在米蘭觀光，最好是提前一至二個月網購，雖然網購會貴一陪多，但也值，因此畫是名畫，開創 3D 繪畫先河。

在聖母瑪利亞修道院旁紅色掛布標示了名畫的入口處

聖安邦治奧大教堂 Basilica Sant' Ambrogio

聖安邦治奧大教堂

聖安邦治奧大教堂是米蘭其中一座最古老的教堂，在十一世紀建造，我們參觀此教堂時，遇到很多美術學院的學生在寫生。米蘭很多美術學院和畫室，我們途中就參觀過二間美術學院了，他們的學生來自世界各地，都是慕名藝術之都而來。

美術學院學生畫中的
聖安邦治奧大教堂

艾曼妞名店拱廊內的玻璃拱廊

艾曼妞名店拱廊入口處

艾曼妞名店拱廊 Galleria Vittorio Emanuele II）

艾曼妞名店拱廊，很多電視廣告都在此取景，事實上它真的很美，很有氣度。到此一遊必會令你享受無比，如你喜歡購物，有數不完的歐洲名牌店，如你不喜購物，亦可欣賞以玻璃拱廊頂連接著的歐陸式建築物上的各種雕像，描繪在它們外牆頂上的溼壁畫，和地板上以馬賽克拼貼出的鑲嵌畫等等，賞心悅目，目不暇給！

米蘭的斯卡拉大劇院 Teatro de la Scala

斯卡拉大劇院是著名的歌劇院之一，十六世紀 1778 年啟用，是原址重建的第二座劇院。2002 年至 2004 年曾作重要翻新，2004 年 12 月 7 日重開時，首場演出的劇目是《重建歐洲》，即 1778 年啟用時的同一劇目。

斯卡拉大劇院正門

劇院設有超過 3000 個座位及一個會堂。觀眾廳呈馬蹄形，有 6 排的包廂，在廂房之上有頂層樓座，供不太富裕的人看現場表演。劇院每天上演精彩的歌劇，芭蕾舞和音樂表演等精彩節目。日間未開場表演劇目前，可買票進入院內參觀劇院內的博物館，演藝學院，劇院內的廂房及進場前等候的大廳等（參觀門票€ 6/人）。我們就有幸買到當晚的頂層樓座欣賞一場超水準的音樂及意大利高、中音歌唱。事緣當天我和外子參觀完歌劇院的博物館和包廂房後，正想離開時，就在正門的轉角處看見一羣意大利人正在排隊，好奇心驅使下我問他們排什麼？他們說每天下午三時至五時在此排隊，就可以用低至€ 6- € 7 歐元一張票的超值價，

劇院博物館內的戲服

購買當天晚上表演的節目的頂層座位門票，不過購票時一定要出示身份證明文件，如護照或駕駛執照等。我們知道後就不作二想，立刻跟著排隊，因門票有限，意大利人又很喜歡參與欣賞這些文藝節目的。幸運地我們買到了當晚的表演節目門票。

劇院內的表演台 　　　　劇院內的多層看台

意大利人很熱情，也很懂欣賞歌劇，音樂等文藝節目，當他們知道我們來自香港，又不懂意大利文，只懂很少的西班牙文（意大利文有約 30％與西班牙文相似）便不厭其煩的向我們解釋意大利的歌劇名聞世界，今晚的音樂表演者如何出名，將會如何精彩等，可惜我祇聽懂一成，餘下九成靠估！他們還叮囑我們當晚一定要在開場前 30 分鐘到達，不可遲到，否則在表演開始後就不可進場，就算你是 VIP，也無情講！衣著也要整齊如赴宴，以示尊重表演者。

入場前穿著隨便的老頭

開場前 30 分鐘，我們到達劇院，入座後發覺意大利人真的很尊重表演者，剛才買票時遇到的幾個老頭，現在看起來已打扮成紳士，穿上飲衫，戴上金絲鏡，判若兩人。開場前很有禮貌的與其他的紳士淑女們打招呼，開場後則靜靜地欣賞節目。意大利人欣賞文藝表演是很認真的，表演者中場換人或一首歌後，全場都是鴉雀無聲，全神貫注，咳都不敢咳，直至中場大休時才掌聲雷動，全體觀眾起身站立拍掌！完場時更久久沒人願離去，拍掌不是為了要表演者 encore，表演者亦不會 encore，他們是真誠的欣賞節目。這次的參與，真的令我很感動，回顧香港，就算是大師級的表演節目，表演還有 5 至 10 分鐘才完場，觀眾席上已有人起身走人了！我有時真的為表演者難過，這是何等的不尊重啊！

在米蘭二天遊玩是不夠的，但我們明天就要坐火車到附近的五漁村，開始第二站的旅程，所以還是早點回酒店準備明天的行裝了。

我們今次的旅程，米蘭是第一站，祇停留二晚三天，第一天要找已早訂的酒店，浪費了半天，第三天上午就要乘火車到意大利的另一小鎮——五漁村 (Cinque Terre)，祇有二天的時間在米蘭遊玩，雖然勿忙些，但也很豐富，很滿足了！

2017/11/15

玻璃拱廊下建築物外牆頂上的濕壁畫和雕像

第二站 五漁村 Cinque Terre
☆與世隔絕的純樸天堂☆

2017 年 11 月 17 日中午，我們從米蘭中央火車站坐二個半小時火車到拉斯佩齊亞 La Spezia。La Spezia 小鎮是一個前往五漁村遊玩的落腳點，在那裡每日都有數班專程火車往返五漁村。出發前 5 至 6 個月在網上購買米蘭中央火車站到拉斯佩齊

拉斯佩齊亞 La Spezia 小鎮

亞 La Spezia 的火車特惠票價是 € 9 歐元 / 人。(在網上的搜尋器上打「米蘭至五漁村的火車票」，便會出現很多 website 任你揀)

La Spezia 小鎮的食住行設備較五個小漁村齊全，所以我們選擇在此住一晚旅館，第二天再從 La Spezia 坐火車到薩沃納 Savona 住一天後就會坐郵輪到下一站，西班牙的巴塞隆那。

五漁村的位置圖

五漁村顧名思義就是由五個小漁村鎮組成的旅遊景點，由 La Spezia 開始起，第一個是里奧馬焦雷（Riomaggiore），第二個是馬納羅拉（Manarola），第三是科爾尼利亞（Corniglia），第四是韋爾納紮（Vernazza），第五個就

是蒙泰羅索 (Monterosso)。
在 1997 年，這 5 個漁村被
列入世界文化遺產名錄。
1999 年更成為國家公園
(Parco Nazioale dell
Cinque Terre)，再者，
這五漁村的景點被很多攝
影雜誌影了很多沙龍美景。
這裏擁有美麗的七彩懸崖小
屋，蔚藍清澈的利古里亞海海
水，繁花處處的海邊小路，
色彩繽紛的沙灘彩布，沿
著山崖邊的梯田，寧靜安閒
的利古里亞海小海灣等等。
這五漁村被崎嶇的懸崖分隔，
沒有城市的煩囂，猶如一個
與世隔絕的純樸的天堂樂
土。

水清沙靚的菲基納海灘

色彩繽紛的沙灘彩布

到五漁村最好是兩
日一夜或三日二夜遊，
當然有些人因趕時間會選
擇一天遊的行程，雖匆忙
點，但勉強也可以安排。

繁花處處的海邊小路

我和外子選擇了中庸之道，就
是兩天一晚的行程。

旅館的經理知道我們明天遊五漁村，傍晚會從 La Spezia 坐火
車離開往 Savona，他建議我們坐火車到最遠的 Monterosso 開始，
順著每個漁村遊回 La Spezia.

火車在陡峭的懸崖上行駛

第二天一早，我們便到 La Spezia 的火車站旁的禮品店購買 1 日券的火車卡 (Cinque Terre Train Card) 搭火車到五漁村各村鎮，此卡可在 1 天內無限次往返五漁村任何一個村鎮，還可以免費乘搭村內巴士和免費遊覽村鎮大部份設施和博物館。此卡的票價是浮動的，通常在 € 10 以下，我們當時是 € 9。意大利人做事很隨意，我們當天 8 時到禮品店購票時（旅館的經理說禮品店是早上 8 時開門），但禮品店還未開門，要等到 9 時才開門。排隊購票後已是 9 時多近 10 時了。還有，來往五漁村的火車也不準時，所以如要趕另一班車到別處的話，最好是預留多點時間，否則很容易誤點。

火車在陡峭的懸崖上行駛，穿過第一個山洞後就是里奧馬焦雷，我們聽從旅館經理的話，第一站沒有下車，待到最後一站蒙泰羅索才下車開始遊玩。

我們想由一個景點乘火車到下一個景點站時，因火車誤了點，我們上錯了回 La Spezia 的列車，所以最後不夠時間遊走五個漁村，只能完成三個，有些可惜！

蒙泰羅索 Monterosso

是五漁村中面積最大的,有傳統
的意大利市集,有特色美食、美酒、
傳統衣服、工藝品、小旅館和民
宿,還有特色的橫間條外牆身
的小教堂。在水清沙靚的菲基
納海灘上散步,或在當地餐館
品嚐新鮮美味的鳳尾魚,再來
一杯美酒,或在沙灘旁飲杯咖
啡,一面用眼睛細看蒙泰羅素的
美景,簡直是人間幾何啊!

橫間條外牆身小教堂

韋爾納紮 Vernazza

這小鎮最著名的是始建於 1318
年的聖瑪格勒特大教堂,港口另一
邊的岩石上有 11 世紀城堡的遺
址,小鎮的主街是羅馬街,從海
邊廣場直達火車站,我們在羅馬
街的石路上漫步,拍照,順道瀏
覽兩旁的工藝品小店,一樂也!

韋爾納紮的小海灘

韋爾納紮 Vernazza 小鎮

馬納羅拉 Manarola

是最受遊客歡迎的拍攝場地，它有著五漁村標誌性的彩色房屋，美麗的海灣，清晰如藍寶石般的海水。Sciacchetra 是當地有名的美酒，因此處是五漁村中種植葡萄藤最多的一個鎮。

美麗的馬納羅拉 Manarola

圖左下角是種植葡萄藤的山崗

買燒牛肉晚餐

下午四時，我們趕回拉斯佩齊亞，在小廣場上買了燒牛肉作晚餐，準備坐傍晚的火車到薩沃納了。

第三站 薩沃納 Savona

☆郵輪母港☆

瑪蕾酒店的游泳池景

薩沃納是個有歷史和有郵輪碼頭的意大利小鎮，很多在地中海巡遊或由歐洲駛至南北美洲的郵輪都會在此上落客，是歌詩達 Costa 郵輪的母港。因薩沃納這小鎮沒有機場，我們最初安排這次旅遊行程時已預計了，所以我們由香港直飛米蘭，玩了三天後，坐火車到五漁村玩二天，傍晚再由五漁村坐火車到熱那亞 Genova 再轉火車到薩沃納 Savona，全程約 2.5 小時，票價由 € 14 起，可出發前在網上訂購。

我們在這小鎮的瑪蕾酒店 Mare Hotel 住上一晚，(4 星級，房價 79 歐元 / 晚，連早餐) 明天午後登上 Costa Fascinosa 郵輪，駛出直布羅陀海峽後，再橫跨大西洋，向西南下，駛往南美阿根廷的首都布宜諾斯為終點站，中途停泊多個國家港口，作一天或半天遊。

Savona 是一個沒有太多景點的小鎮，但也值一遊。郵輪碼頭就在市中心，很多酒店都有免費專車接送到碼頭。我們在上郵輪前，把握早上的多餘的時間到市中心一遊，其實這小鎮我們曾坐其他的郵輪遊過，不過這次給我的印象更深刻，原來發現新大陸的哥倫布曾定居於此。

在這小鎮旅遊，大部分的景點都是免費的。在港口的 Terminal 後面一樓，就有個旅客服務中心可以索取地圖和資訊。

普利馬城堡 Fortezza del Priamar

在碼頭不遠處的普利馬城堡 Fortezza del Priamar 是在 1542 年建成，本用作防禦外敵，保護此小鎮之用，但之後很長時間被用作監獄。在城堡上可俯覽這小鎮的城市景及利古里亞海。

普利馬城堡內

萊昂潘卡多 Torre Leon Pancaldo 鐘樓

碼頭附近的萊昂潘卡多 Torre Leon Pancaldo 的鐘樓，也有數百年歷史，是守護碼頭和船隻的小堡壘。

城堡上俯覽小鎮的城市景

從這鐘樓步行到市中心只需十數分鐘，沿途我們看到很多建築物上繪上美麗的外牆畫，其中 Palazzo del Pavoni 拱門上的孔雀圖更令人眼前一亮。

我的左手方是 Costa Fascinosa，
右方是萊昂潘卡多鐘樓

聖母升天大教堂

聖母升天大教堂位於市政廳對面，又叫大教堂，建於 1543 年，是城市地標，也見証了這小鎮數百年的歷史。旁邊的西斯廷禮拜堂是建立於 1480 年，是洛可可風格，有手繪天花畫。

中午回到酒店，吃了簡單的午餐後便坐酒店的免費車到郵輪碼頭，準備上船了。

教堂內的聖母和聖嬰像

從郵輪上眺瞰的薩沃納

我們坐的郵輪叫 Costa Fasinoza，是 Costa 歌斯達尼加郵輪公司名下的一艘頗新的輪船，在 2011 年 7 月下水，排水量 114,500 噸，載客量 3800 人。

很多人聽到 Costa 的郵輪時就會聯想起多年前的 Costa Concordia 郵輪海難事故，確實，這事件令 Costa 的聲譽受到很大的打擊，所以相比其他郵輪公司的郵輪票價，它是便宜很多的。我們選擇它是

Costa Fascinosa 郵輪上的游泳池

因為航程的時間和所經的港口，都與我們的旅程計劃很脗合。不過，之後在這 19 晚的航程中，我們感到的是「超值」！出乎意料的是船上的安全系數比其他郵輪公司更嚴謹，可能是曾經發生海難事故，公司有了教訓吧。船上是意大利式管理，充滿了意式的輕鬆和浪漫，船員親切好玩，常與客人打成一片，最令我感動的是當船在大西洋航行時在海上的那幾天，他們都有安排很多節目和遊戲，還有船員教客人西班牙話和葡萄牙話，這令我在開始旅程前三個月，臨時在網上學到的西班牙話得到更多的學習和實習機會，船上的意國菜也十分好吃！

當初我們選擇乘搭此郵輪時也有另一個原因，就是郵輪可以舒服的帶我們由歐洲駛往南美，免卻乘坐三十多個小時飛機航程的勞累。

我在旅程開始前九個月，已在香港的旅行社，訂了由 Savona 駛往南美阿根廷首都布宜諾斯艾利斯的郵輪客房，全程 19 晚，超值價（早鳥價錢）內倉房，包郵輪碼頭費，稅金和服務費，總共約 HKD11,000/ 人。（在網上搜羅了行程，再咨詢香港的旅行社，然後就訂了）

第四站 巴塞隆那 Barcelona

☆翻生瑪莉連夢露☆

郵輪離開薩沃納 Savona 後，11 月 20 日的一天就在海上航行了。Costa Fascinosa 的中文名字叫歌詩達尼加迷人號，顧名思義這艘郵輪的設計是朝著迷人浪漫的框架設計，船上的設施以浪漫休閒為主，上歌詩達尼加郵輪公司的網頁，便可了解清楚，在此我只說說我的感受。

這是一艘設備頗新的意大利郵輪，郵輪頂層的遊樂設施和旋轉式流水滑梯，充滿了樂趣，大人小孩都可以一齊玩，船上的工作人員很努力的將意式的休閒歡樂帶給客人，他們友善、隨和、活力十足，在海上的日子，船上的節目更多，教跳舞、玩遊戲、學西班牙話、葡萄牙話、聽音樂、聽意大利名歌、看跳舞、欣賞意大利歌劇等等，都令人驚喜、愉快！這是我和外子多次乘郵輪旅遊各地中，其中最滿意的一次。當然有些人是不喜歡意式管理的隨意，但在我看來，每樣事物都有其優點與缺點，在乎你用什麼態度看待你在什麼地方，做什麼事情，如果隨意得來又安全，又在控制之內，那隨意點就會令人放鬆心情去享受假期了。

Costa Fascinosa 上的遊樂設施

　　郵輪上的客人，多是意大利人、西班牙人、巴西人和亞根廷人，其他國籍的客人不夠 10%，香港人更祇有我和外子。他們大部分講意大利話或西班牙話，但船上工作人員很多都會說五種語言以上，意大利語、西班牙語、葡萄牙語、英語、法語、德語等，令我大為讚嘆！後來我才知，原來每個接待客人的船員，當他們入職船公司工作時，能操三國語言，是最低入職要求，其餘的別國語言，就會在船上在職訓練了。後期在船上多些時間與這裡的員工閒談，了解到他們的每月薪酬多在 1000 歐元之間，相比之下，香港人的新酬是較高的了。

　　郵輪開航後第一站停泊的是巴塞隆那，那也是一個很多郵輪停泊和上落客的繁忙海口。從碼頭到港口和蘭布拉大道 LA Rambla 最好坐碼頭專巴 T3(4 歐元 / 人來回，3 歐元單程)，或郵輪安排的專車 (7 歐元 / 人來回)，如由碼頭步行入港口區，約需 20 分鐘，但在烈日下行走，並非享受之事，還是乘專巴較好。

從碼頭出港口區的天橋

　　郵輪因在下午 1 時泊岸，出海關和要過移民局等等手續，我們到達港口區已是下午 2 時多了，下午 6 時郵輪會駛離巴塞隆那港口，5 時 30 分全部旅客要返回船上。郵輪停泊此碼頭不到半天的時間讓我們離船遊玩，所以我們選擇了在蘭布拉大道走走算了。下次若再寫遊記時，再與大家分享巴塞隆那的精彩景點吧。

巴塞隆那港口區和蘭布拉大道 LA Rambla

巴士到達港口區，下車後第一眼
看到的是豎立著航海家哥倫布
Christopher Columbus 的紀
念碑，華麗和雕刻精緻的紀念
碑柱子上佇立航海家哥倫布的
立像，再向前行走，就是蘭
布拉大道 LA Rambla 行人
專用區，專用區的兩旁是專
為遊客開設的購物攤檔，販
賣各種紀念品和有巴塞隆那
特色設計的藝術創作品，其
中也有不少的食肆和咖啡茶
座，Drassanes 地鐵站 (綠
線，3L) 的入口也可在此找到，
由此站乘搭地鐵可轉往各巴塞隆
那各著名景點。

航海家哥倫布紀念碑

蘭布拉大道行人專用區

再版瑪利蓮夢露

細味蘭布拉大道 LA Rambla 行人專用區，也是一種樂趣，也可說是精彩萬分。最令我印象深刻的，莫過於站在陽台上的瑪利蓮夢露再世，此女裝扮、樣貌、儀態，盡顯瑪利蓮夢露本色，大風由下向上吹，把她的裙擺吹起露出內褲的一幕，及她媚視飛吻的經典動作，更是不停地演出，吸引了無數途人注足仰視，攝影機、手機拍攝更是此起彼落，看的人看得開心，表演者更是賣力，原來此美女是臘像館請來的生招牌，哈哈，實在太美妙了！

眾所週知，巴塞隆那童話故事般設計的建築物，如聖家大教堂、米拉之家、巴特約之家、奎爾公園等等，都是精彩絕倫，令人讚歎，在蘭布拉大道 LA Rambla 行人區兩旁的建築物，同樣令人目不暇給。美麗的外牆裝飾，除了有傳統的西班牙式設計外，還有日本式、中國式等等，慢慢欣賞，亦樂趣無窮！如在牆上漆上日本式油畫裝飾的建築物，在外牆上掛著傘子的 Casa Bruno Cuadros，最初此店原是賣傘子的，在 1883 年被建築師 Josep Vilaseca 重新改建時，在外牆掛上傘子和中國龍的裝飾。

在外牆掛上傘子和中國龍的 Casa Bruno Cuadros

Teatro Del Licue 利富爾劇院建於 1847 年,現在仍有著名的歌劇在此上演。

加泰羅尼亞廣場位於大道最北的一端,是西班牙人聚集和表達意見的場地,近日常見的示威大集會都在此舉行。

蘭布拉大道的兩頭,都停泊了數輛警車,在街中閒逛時也看見不少警察在巡邏,是保護這裡的遊客免受滋擾吧。

行行,拍拍,轉眼便到登船時間了,我們趕上最後的一輛駛往 Costa Facinosa 登船區的專車,回船了。

Teatro Del Licue 利富爾劇院

看到在圖中右角的數輛警車嗎

皇陵內的哈桑大清真寺遺址

第五站 卡薩布蘭加 Casablanca

☆白屋城市☆

郵輪離開西班牙的巴塞隆那後，在海上航行一天，傍晚便向着直布羅陀海陝駛進，因是半夜駛入海峽，所以沒有機會一睹海峽風采，有些可惜。

11 月 22 日，郵輪在卡薩布蘭加的港口停泊，這港口對我來說既陌生又熟悉，陌生是因為從未到訪此處，且又不是香港人熟悉的旅遊勝地，所以對它陌生；

哈桑二世清真寺

熟悉是因少年時看過的一部經典電影名片《北非諜影》，英文片名叫《Casablanca》由着名的女明星英格烈保曼主演，影片的故事就是發生在這個城市——摩洛哥的卡薩布蘭加。

卡薩布蘭加 Casablanca 是摩絡哥最大的城市和主要港口，面向大西洋，曾被葡萄牙、西班牙、法國佔領，第二次世界大戰中，更被親德政權統治，現摩洛哥已獨立為國，所以這個城市混合了多元的格調和風情。

非洲

摩洛哥是一個伊斯蘭教的國家,有90%的國民都是伊斯蘭教徒。

郵輪停泊後,我們沒有跟郵輪安排的岸上觀光團,與另一對船友合租的士到卡薩布蘭加 Casablanca 城內的景點遊覽。上岸後,一大羣在碼頭等客的的士司機和駁腳司機蜂湧而上。我們討價還價後選擇了一位貌似老實的本地人司機,他可以說英文(英文在卡市不很普遍,卡市人多說法語或西班牙語)帶我們一天遊,討價還價後的價錢是€190歐元(4人平分,即2個人共€95,是郵輪的一半價錢)一天遊。

由碼頭到各景區,是要經過一列列的破舊房屋。我們的車子經過的時侯看到很多流浪的黑人青年,當車子在紅綠燈前停下時,這些青年就會蜂湧而上來乞錢,我們驚慌之餘忙把車子的玻璃窗校上。司機則泰然的與他們對話,隨即在司機旁的小錢箱上給了他們些零錢。我們好奇的問司機,他們是什麼人,為什麼要給錢他們,司機說這些流浪青年是來自鄰近的非洲國家,他們在自己家鄉無工作、無食物,所以流浪到卡市,希望在這裡找到工作。但卡市的貧富懸殊很嚴重,經濟也不好,所以他們有的幾天都無食物吃。我們聽了都很難過,我們是多幸運的一羣啊!

Casa 在西班牙文是房子、家的意思,Blanca 則是白色之意,顧名思義 Casablanca 是「白色的房子」或叫「白色的家」。現在的卡市與我少年時期看的電影背景有着很大的分別,雖然我們坐車從碼頭開出

卡市內的白色的房子

時,仍然看到很多破舊的房子和來自鄰國的流浪乞兒,但到達觀光點時,又是另一番景象,購物中心、鄰近海洋的白色洋房,嶄新的有軌電車等等,都是非洲大陸上少有的現代化和浪漫國家。

穆罕默德五世廣場

穆罕默德五世廣場上的遊客如鯽，有新形的有軌電車，廣場上歡樂的人羣和賣藝者，到處都是充滿著活力和生機。

穆罕默德五世廣場

哈布斯仿古城區 Quartier Habbous

哈布斯仿古城區內的咖啡室

又叫聖人區，是法國殖民時期，法國設計師按著老城建築風格設計和建造的，是個別有風情的傳統集市，內有清真寺和法院，咖啡室和小鋪攤檔，這裏遊人不多，有時間的話，喝杯咖啡，遊閒地感受一下摩洛哥古城的懷舊風韻，一樂也。

老麥地那 Ancienne Medina

　　是老城區，位於城的北部沿海處，已被列為世界文化遺產。1907年法國接管這個城市時，在此建立護城牆，後葡萄牙接管了，更在此建立城堡。今天這個地方已被現代化和商業化了，只剩下部分城門和城牆作為歷史的印記。

非洲

老麥地那城內廢墟

老麥地那城門

哈桑二世清真寺 Hassan II Grand Mosque

　　是卡薩布蘭加市的旅遊 icon 標誌。它是一座宏偉，華麗，由法國設計師設計，在 1993 年由當時的國王下令建造，也是唯一一座在摩洛哥向非伊斯蘭教徒開放參觀的清真寺。它的設計構思來自古蘭經中「神的寶座是在水面上」。

哈桑二世清真寺

穆罕默德五世皇陵 Mohamed V Mausoleum

穆罕默德五世是哈桑二世的父親，摩洛哥獨立後的第一個統治者，也是現任國王的祖父。墓陵由兒子哈桑二世建造。皇陵的面積很大，除了有穆罕默德五世的墓室外還有哈桑二世和他弟弟阿卜杜拉親王的墓，墓旁的陳列館內展示了阿拉維王朝歷代君主畫像和五世遺物和他在位時的歷史資料和文獻。墓室外正面是拉巴特的象徵—哈桑塔和哈桑大清真寺遺址上的 312 根大石柱，這些大石柱據說是於 1775 年大地

墓室內穆罕默德五世的金色靈廊

震，大哈桑清真寺被毀時留下的。哈桑塔則保存得較好，四周雕有各種摩洛哥傳統藝術特色的圖案花。整個皇陵內的建築羣體，還包括有清真寺和講經台。墓室的四面門口外有穿著皇家軍服的士兵看守，陵墓外則有騎馬的憲兵守衛，十分莊嚴雄偉和典雅。

騎馬憲兵在皇陵外守衛

看守墓室的皇家士兵

卡薩布蘭卡皇宮 Palais Royal de Casablanca

　　是現任摩洛哥國王的辦公
和接見外國首腦的地方。
它始建於 1785 年，
有鮮明的拉巴特摩
洛哥風格，由一個
個的拱型柱子和
白色的牆包圍著，
我們到的時候不准
入內參觀，只見廣場
外的草地綠意央然，門
外守衛森嚴。

　　黃昏，司機準時把我們送回郵輪碼頭閘口，我們很欣賞司機對沿
途中貧窮者的善心和慷慨，於是我們給多€ 10 Tips，希望通過他的善
心為我們做點善事啦。

第六站 聖克魯斯（德特內里費）加那利羣島
Santa Cruz (Tenerife) Cannery Island

☆非洲黑奴的轉運站☆

我們的郵輪從摩洛哥的卡薩布蘭卡市向西航行一天後（2017年11月24日），便到達這個享負盛名的旅遊勝地——聖克魯斯德特內里費省西班牙的加那利羣島。聖克魯斯德特內里費省是位於摩洛哥撒哈拉沙漠對開西面的大西洋的群島上，是西班牙加那利羣島唯一的首府，是大西洋和加那利群島的重要港口之一，連接歐洲、非洲和美洲，也是一個集商業、客運、漁業、休閒和體育於一身的港口。

聖克魯斯 德特內里費港口

歡迎郵輪旅客的民族舞蹈

市內的電車

郵輪駛進碼頭時，我們就看見數隊帆船在海中揚帆比賽呢！

加那利群島在二千年以前，島上已有人居住，曾被阿拉伯人、諾曼人、葡萄牙人等佔主導地位，後來更作為西班牙進入拉丁美洲（南美洲）的基地，和運送非洲黑奴到拉丁美洲的轉運港。

在海中揚帆比賽的帆船

我們到達時，當地的旅遊局安排了歡迎郵輪客人的民族舞蹈，和免費的專車服務，接送我們往返市區的車站和郵輪，令人愉快又感動。

在郵輪進入碼頭時，遠處設計新穎的特內里費禮堂就映入眼簾了。

特內里費禮堂 Auditorio de Tenerife

特內里費禮堂是由西班牙建築師聖地方哥・卡拉特拉瓦設計，2003 年建成，同年 9 月由王子費利佩揭幕，被認為是西班牙和歐洲最重要的現代建築之一，它亦是這個城市和這個島的象徵。它流綫型的造型設計，與澳洲悉尼歌劇院有異曲同工之妙。

遠看的特內里費禮堂 Auditorio de Tenerife

這裡陽光普照，有歐洲的小鎮風格和悠閒的地中海風情。

在聖克魯斯德特內里費省，每年二月都是狂歡節，有知名的街頭嘉年華會活動，是當地最大型的歡樂節目，其熱鬧情況可比美巴西的嘉年華盛會。

從郵輪碼頭往返市中心的路上看到的遊艇停泊區域

嘉年華會展覽會所 Casa del Carnaval

嘉年華會展覽會所座落於 Puente Galceran 橋頭的右手邊，展示了歷屆嘉年華盛會的得獎作品和服飾。

展覽會所內的一套曾經在嘉年華會上獲勝的舞衣設計

西班牙廣場 Plaza de Espana

西班牙廣場 Plaza de Espana 是加那利群島最大的廣場，由郵輪碼頭走路或乘碼頭專車到達市中心再向前走數公尺便到達。廣場中心矗立着西班牙內戰紀念碑，紀念碑的前面有個巨型的人工湖，湖的旁邊有所設計獨特，牆身和屋頂都鋪滿鮮花和綠草的建築物，細看下原來是遊客中心。

鋪滿鮮花和綠草的遊客中心

巨型的人工湖

無玷始胎堂
Iglesia-Parroquia Matriz de Nuestra Senora de La Concepcio

無玷始胎堂是一座位於聖克魯斯－德特內里費的羅馬天主教堂，它是其中一個最早在德特內里費省建造的教堂，也是加那利羣島上唯一的一座有五個本堂，崇拜完美無暇的處女聖母瑪利亞的教堂，是西班牙征服者在原始建造的教堂基礎上建立的。

無玷始胎堂的方形鐘樓

非洲夫人市場
La Recova Mercado de Nuestra Señora De Africa

非洲夫人市場

非洲夫人市場 La Recova Mercado de Nuestra Señora De Africa 是當年運送非洲黑奴到拉丁美洲作為的轉運站的其中一個見證點，現已變成一個本地市場，場內販賣了各種各樣的本地食品，藥品和日用品，也可在此上免費 WiFi。這個市場在 Puente Galceran 橋頭盡處，過了橋後就在前方，很多郵輪旅客上岸後最先到達的就是這個地點，因為可以第一時間免費上網。

Santa Cruz 除了有歷史價值
的建築外，還有很多新的建
築物，如現代化的圖書館
Biblioteca Municipal
Central，館內裏設備
齊全和現代化，也有免
費 WiFi 可上，就在運
河旁近海邊附近。

Biblioteca Municipal Central 圖書館門

　　其實沿著海邊向郵輪碼
頭方向漫步行，你會看到很多休
閒的建設，是個很美麗而又富歷史的遊客
區域。

　　匆匆的，又要回船了，我們下一站是大西洋的彼岸，巴西累西非
Recife。

郵輪免費專車停車處

聖克魯斯郵輪碼頭

橫越大西洋跨過地球赤道線 五天歡樂的海上航行

☆悲哀的運奴航道☆

　　很多朋友都說，坐郵輪很悶，特別是在海上航行沒有埠到的日子。我與外子，很喜歡坐郵輪，無論是到埠上岸遊玩，或是在海上航行，我們都享受萬分。上岸遊玩，當然樂趣無窮，因郵輪就好像一座會移動的酒店，由一處地方，帶你到另一處地方，由一個國家，運你及你的行裝到另一個國家。郵輪上有住、有食、還有玩，你祇要放鬆心情，隨著它把你帶到早已安排定的地點，遊玩疲倦後，返回到船上，有大廚師為你準備晚餐，飯後可欣賞表演節目、可聽歌、跳舞、在甲板上漫步或什麼都不做，回艙房睡覺等等，適隨尊便，任君選擇，是休閒旅遊的最佳選擇。

　　沒有到埠的在海上航行，又另一番情趣。

Costa Fascinosa 郵輪甲板上的滑梯和晚餐

45

這五天郵輪在大西洋航行的日子（11 月 25 日至 29 日），是愉快難忘的！Costa Fascinosa 郵輪在海上的這幾天，安排了很多節目，老少咸宜，適合各群組和年齡的需要。動的，有跳舞、遊戲，各種活動比賽等。靜

的，有學葡萄牙語、西班牙語、常識問答、講座等等，真是多姿多采，如果你什麼都沒有興趣，何妨又靜靜的坐着、看海、觀鳥、曬太陽、又或與異鄉人交流，認識多些異國風情，雖然 Costa 郵輪上的客人，多說意大利語、或西班牙語、或葡萄牙語，但若你開放心懷，雞同鴨講，何妨不是一種樂趣！說實的，Costa 郵輪上的客人，對

在船上相遇的意大利和美國朋友

我們中國人，特別是香港回歸中國後的香港（中國）人特別感興趣和好奇。異國人偶遇一方，相互交流自己國土上的近況，是我和外子時常外遊的動力。

郵輪在海上的第五天就航行跨越過赤道線，這是一條隱形的線，我要在 maps.me 的地圖上才查閱得到，不過，這天你一定不會不知道，因郵輪公司也會藉此機會搞搞新活動，慶祝跨越南北半球上的零度線——赤道！。那天全船的人，包括船員和客人等都興奮莫名，意大利式燒豬盛宴在陽光下的甲板上舉行，化妝泳池跳舞 Party 更將氣氛帶入瘋狂狀態！意式玩樂表露無遺。我喜歡飛到歐洲上郵輪，就是喜歡南歐人的浪漫，他們無拘無束，但又守秩序，守規矩的性格和行為，令人很欣賞，很受落。那天的歡樂氣氛，由早上九時許一直延續到第二天的凌晨（晚上十二時以後）。

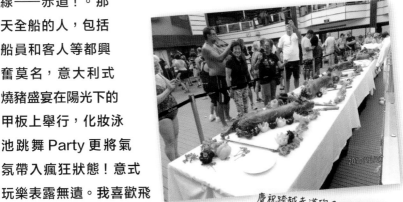

慶祝跨越赤道的 Party 和美食

橫越大西洋，很多朋友都怕浪大，危險且容易暈船浪，但當我們郵輪橫越大西洋時，感覺風平浪靜，船身穩定，如身處平地行駛，我們都有些意外驚喜，以為是因郵輪體形龐大，可承受風浪，且天朗氣清，但後來在另一條郵輪（駛往南極的荷美郵輪 HollandAmerica）

與一位本身是船長的郵輪客人閒談時，才知道原來沿着赤道航行的船隻是最安全的，赤道上的海域，風平浪靜，不會有大風浪出現，這是自然界的地理常識，當地球自轉時，赤道所受的氣流沖擊最小，所以風浪也小。啊！又學到嘢喇！這就是我喜歡在郵輪上與異國客人閒談的收穫。哈哈！

我們今次這艘郵輪的航線，從意大利的薩沃納 Savona，到西班牙的巴塞隆那 Barcelona，經過的直

赤道上的海域風平浪靜，海鳥跟著船飛行

布羅陀海陝，到達加那利羣島的聖克魯斯 Santa Cruz，郵輪沿着西非海岸線向南航行，跨越赤道，到達下一站巴西的累西非 Recife，再沿南美洲西岸，到馬塞約 Meceio，薩爾雅多 Salvador 及里約熱門盧 Rio de Janeiro 等，最後到達阿根廷的布宜諾斯艾利斯 Buenos Aires。從加那利羣島到累西非的這條海上航線，據說是當年歐洲人在非洲各地將買回來或俘虜來的非洲黑人奴隸，運送到南美洲各國作奴隸的主要航線。我在下一站巴西的累西非 Recife，馬塞約 Meceio，薩爾雅多 Salvador 及里約熱門盧 Rio de Janeiro 中再談。

第七站 累西非 Recife

☆黑人奴隸被販賣到南美洲的第一站☆

在郵輪上看到的累西非 Recife 城市外貌

11月30日郵輪駛進累西非港口的碼頭，累西非是葡萄牙語「礁石」的意思，它的港口是巴西東北部重要港口之一。它鄰近赤道，氣候炎熱潮濕，是甘蔗的盛產地，故有「糖罐」之稱。十五世紀時被葡萄牙人佔領，原住的印第安人被趕走後，葡萄牙人從非洲販來大批黑人奴隸，讓他們在炎熱的甘蔗園內不停地勞作，所以現在累西腓還有很多黑人後代和混血兒。累西腓在 1630-1654 年被荷蘭人殖民，24 年後再重回葡萄牙人手中。至巴西獨立後，累西非才納入巴西版圖，曾一度是巴西第三大城，現在是巴西第五大城市。

郵輪下午一時才駛進累西非碼頭，這個城市看來也頗現代化，碼頭建築設計很新穎，很有線條美。我們上岸後就有累西非市的樂隊和熱情美女歡迎，我們只在累西非停留數小時，晚上七時半就要登船，船八時正開航。

歡迎我們的累西非市樂隊

因在累西非遊玩祇有數小時，我們趕緊走出碼頭，希望可以多走走看看這個城市的特色。剛走出碼頭，無數的的士已在恭候我們的到來了。的士到特訂的景點是有指標價格的（到 Olinda 古城，單程 100BRL 巴西盧拉，也可折算美元或歐羅），不會獅子開大口叫價，

南美洲

所以看來這個城市的旅遊事業已發展得不錯，有些制度了。我們與另外二位船友共同租了一輛的士去鄰近的城市奧林達 Olinda 古城遊玩，奧林達是一個已被列入 UNESCO 世界遺產名錄的地方。

郵輪碼頭外的廣場

奧林達 Olinda 古城

奧林達是一座歷史名城，在大西洋岸邊的小山丘上，離累西非 16 公里。城內的宗教建築眾多，都是建於十六到十八世紀之間。

Alto da Se Cathedral 天主教堂

Alto da Se Cathedral 天主教堂，是一所小教堂，教堂內的陳設頗為簡單，但牆上的藍白瓷片上的聖經故事圖畫很有葡萄牙色彩，此教堂是建於十六世紀年代。其實此教堂最吸引人之處是教堂外的庭院，因這教堂是依山而築，庭院的陽台景緻十分優美，可遠眺廣闊的大西洋和累西非市。

Alto da Se Cathedral 天主教堂

教堂外的街上，擺滿了販賣特色貨品的攤檔，最多販賣的是五顏六色的巴西彩布圍巾，也有很多巴西特色的小擺設，畫上了巴西熱帶風情的彩畫等等。再往前走，就是一條專做遊客生意的店鋪和食肆的太陽街道 Rua da Sol，裏面販賣的品種更多，但細看下，很多都是中國製造 made in China，但別失望，這些貨

品在中國本土是買不到的，在中國製造但祇外銷，且質素也不錯，合眼緣的，何妨買回家留作紀念。

五顏六色的巴西彩布圍中 　　太陽街 Rua da Sol

　　再從這街道往前走，就看到很多五顏六色的小平房在街道兩旁，很有特色。據說這些小平房是十六世紀時葡萄牙人建造給從非洲販賣過來的黑人奴隸聚居的，房子上髹上不同顏色是用作區分不用功能的建築物，如醫院、葯房、郵局、

街道旁五顏六色的小平房

雜貨店、娛樂場所等等。後來就演變成了旅遊特色，現在的房子更是七彩繽紛，有些更有圖畫裝飾。

　　我們在 Olinda 停留了約二個多小時，便乘的士返回 Recife 的市區了 (回市區單程 80BRL)。

累西非 Recife 市區

累西非 Recife 市區有新舊市區之分。舊區還留有很多葡萄牙殖民時期的建築物和人像雕塑，街道較舊，但有些像香港的深水埗舊區的繁忙，店鋪林立，貨品應有盡有。很多人對巴西的治安都有些擔心，我們則感覺與其他旅遊城市無大分別，但南美的警察（當然包括巴西）全都佩帶警槍和穿上避彈衣，確是令人有些壓力。我曾問為什麼警察要穿上避彈衣，答案是南美的賊人有槍，警察穿上避彈衣是以防萬一。哦！明白了。

累西非的舊市區

因我們到 Recife 舊區市中心逛完後，距離登船的時間還有二個小時。從舊區徒步回登船碼頭旅遊咨詢處說只需 30 至 40 分鐘，我們決定漫步回碼頭，因沿路還有很多值得看的景點。

佩帶警槍和穿上避彈衣的警察

手工藝文化之家 Casa da Cultura de Pernambuco 及火車博物館 F.F.C.P.

在我們回程途中，我們參觀了一所手工藝文化之家 Casa da Cultura de Pernambuco (Handcrafts) 是由一所舊街市改裝成的 Art Centre，裏面有很多藝術展品，還有很多販賣手工編織成工藝品的店鋪，這些工藝品種類繁多，林林總總，十分精美，也目不暇給。我們在裏面逛逛時，有位警察示意我們在此建築物的後門斜對面，有一所博物館。我們跟著他的指示從後門走出去，果然看到一所寫著 F.F.C.P. 的火車博物館。此博物館免費入場，但要登記資料。我們辦完手續後便進入展覽場所，看見很多不同類型，不同年代的火車展覽，很是有趣，但最令我們感動的還是館內人員的友善和熱情，他們還請我們喝地道的巴西咖啡呢！其實巴西人很熱情、很友善、很真純，到巴西旅行，比現在的歐洲安全得多呢，不明為何大多數的傳媒都形容巴西是個罪惡之都？！

手工藝文化之家 Casa da Cultura de Pernambuco 內外

南美洲

火車博物館內

請我們喝巴西咖啡的博物館人員

聖德依莎貝劇院 Teatro de Santa Isabel

往碼頭的方向走，就到到達聖德依莎貝劇院 Teatro de Santa Isabel。此劇院的設計和建造，和在米蘭的 Teatro alla Scala 一樣，祇是較為小型。本來我們到達劇院的時段是閒人免進，準備晚上演出的清場期，但工作人員知道我們是遊客，又快要登船離開 Recife 市，就破例讓我們進入劇場表演廳拍照了，很感激他們的通融。

聖德依莎貝劇院 Teatro de Santa Isabel 內外

雕上 FORVM 的政府大樓

離開 Teatro de Santa Isabel 往碼頭的方向走不遠處，有座大型的歐式建築物，白牆金框，還有數個人像站立在屋頂，屋的前方門前大柱上的橫樑雕上 FORVM 的葡萄牙文，看來應是一所政府大樓，可能是大憲法院。因當時已是黃昏六時多，此建築物已關門，沒有人出入了。

再向前走過了橋便是 Recife 港口的休閒區。Recife 是一個有很多河流，水道和橋樑的城市，所以又被稱為「南美威尼斯」。

Recife 的港口的休閒區也是個謀殺菲林的美麗景區之一，那裏有旅遊咨詢中心。從這裏漫步回到碼頭祇需二十分鐘。

我們在晚上七時回到郵輪，梳洗後便又享受郵輪上的 fine dinner 正規晚餐了。

第八站 馬塞約 Maceio
☆仍保留葡萄牙殖民時代色彩的度假勝地☆

馬塞約 Maceio 位處累西非 Recife 的南下,也是亞熱帶氣候,陽光與海灘使這個城市成為一個出名的休閒勝地。

邦打雲達海灘 Ponta Verde Beach

我們的郵輪駛離累西非後,翌日 12 月 1 日早上就到達馬塞約市的郵輪碼頭。從碼頭到關閘口是要乘專車,是免費的,由當地旅遊局安排。到達關閘口就是著名的邦打雲達海灘 Ponta Verde Beach。這海灘水清沙幼,延綿數里,面向着碧藍海水的大西洋,沿著海灘亦種有延綿數里的棕櫚樹,七彩太陽傘把這裏點綴得生氣勃勃,船友們很多已經帶備了泳衣,太陽油,到這裡享受無敵的陽光與海灘了。

延綿數里的海灘

在义型設計的大台上的英雄雕像

我們向着沙灘的前方走,不久就看到這市的英雄雕像,佇立在义型設計的大台上。我們從這裡走進市內,乘士到馬塞約市中心(單程巴西盧拉 10BRL),也可以走路前往,約 1 小時內的步程。

馬塞約市內

馬塞約市是一個較舊的城鎮，很多建設還停留在葡萄牙統治的時代，市集很多農產品出售，人民的生活像 30、40 年前未開發的深圳。生活看來並不富有，但食物是充裕的，應該不會有餓死人的現象吧！巴西是農產品出產最多的國家之一，因土地肥沃，氣候溫和，適宜種植，特別是巴西大豆、水果等。

馬塞約市的舊城鎮

市議會中心區

我們在市內走不多遠，就到達市議會中心區。市議會中心區以一個廣場中的大圓形水池作中心點。水池的前面是大教堂，教堂的對面是市議會，可以免費入內參觀。市議會內的陳設和裝飾還保留了很多葡萄牙時代的色彩，大教堂的右面是教堂博物館，收藏了很多教堂過去和現在的珍貴藏品，參觀也是免費的。在市議會與教堂之間的位置，就是通往市中心的道路。

郵輪下午一時開航，匆匆的，我們又乘的士往關閘口的候車處乘專車回郵輪了。

市議會中心區

市議會內的陳設

第九站 薩爾瓦多 Salvador
☆金碧輝煌的聖佛朗斯哥教堂內懷了孕的廿黑奴雕像☆

薩爾瓦多是在巴西東北部，屬巴伊亞 Bahia 省，馬塞約 Maceio 南下的一座海濱城市，也是現時巴西第四大城市。1549 年葡萄牙船隊將其殖民化後，很快就成為巴西的主要海港和葡萄牙巴西的第一個殖民首府，同時也是制糖工業和奴隸交易的中心。1952 年薩爾瓦多成立巴西第一個天主教主教駐地，時至今日，巴西獨立後，薩爾瓦多仍是巴西天主教中心。

我們的郵輪駛進薩爾瓦多的碼頭是 2017 年 12 月 2 日的早上，我們也袛有半天的時間在此城看看，下午 1 時 30 分必須登船，2 時正郵輪就會開航南下駛往巴西的另一著名港口里約熱內盧 Rio de Janeiro，為此我們必須趕緊時間到市內遊玩。

薩爾瓦多的郵輪碼頭

薩爾瓦多分上城和下城，下城是碼頭和遊艇區樂部。旅遊景點主要在上城區，上城有著名的大主教堂和各政府機構。

郵輪停泊的碼頭位置是下城區，但很方便到上城區。我們離開碼頭後向前走約十分鐘，就有一幢龐大的黃色建築物，原來是著名的

莫代羅大市場 Mercado Modelo，裏面有很多紀念品和薩爾瓦多的手工藝品出售。穿過大市場後往前看不遠處就看見一幢垂直的電梯塔，電梯塔的頂部有一天橋連接到半山上的上城區。

莫代羅大市場

垂直的電梯相連上上城區

薩爾瓦多的上城區

上城區是在四十至五十米高的懸崖上，上城與下城由一幢垂直的電梯塔相連，亦可乘車或走路經一條斜路上。我們選擇了乘電梯上上城區，要付費巴西盧拉0.1BRL，很平宜，是方便當地人上落上下城區，但又要有所監管的措施。

到達上城區，電梯門一開，即有數個穿著薩爾瓦多服飾的女仕上前拉着我們影相，影相後要索取最少 USD1 美元的酬金。跟着又有多個像非洲裔的巴西男子擁上前要我們請他做導遊。同行的美國女仕很有經驗地與他討價還價。

穿著薩爾瓦多服飾的女仕

最後以連 Tips 共 150 盧拉服務我們三對遊客（即 6 個人）2 小時。好在有此導遊，使我們更認識薩爾瓦多的故事。

上城區可以俯覽下城區的遊艇會和部分下城區的新建設，奴隸登岸碼頭在另一邊。

如上文提及，薩爾瓦多在葡萄牙殖民地時期是個奴隸交易中心，很多黑人從非洲被販賣到美州（包括北美和南美）做奴隸，他們的血淚史可在此嘗見一二。

紀念非洲黑奴早期來時的雕像佇立在廣場的一方，廣場上擺放了很多販賣具有非洲特色的紀念品攤檔。在街上、巷中、滿街滿巷見到的居民大部分都是非洲後裔。所以此城受非洲文化影響比巴西任何一個城市都多，市內的食品、音樂、舞蹈和生動的文化生活等也讓人感受到有很大的非洲文化的影子。此地更是巴西黑人武術的中心，如卡波耶拉武術 Capoeira 就是發源於此地。

俯覽下城區的遊艇會和部分下城區的新建設

紀念非洲黑奴早期來時的雕像

卡波耶拉武術

南美洲

薩爾瓦多的上城區很多殖民時期的建築物，如政府辦公廳、大教堂和最老的醫學院等。市內有很多大大小小的廣場和教堂，教堂就有 160 多所，所以又被稱為「黑羅馬」。

廣場上的政府辦公廳

市內的小廣場和教堂

橙色的建築物是最老的醫學院

聖佛朗斯哥教堂 Sao Francisco Church

在眾多的教堂中，聖佛朗斯哥教堂是最富麗堂煌的一所，它是巴西七大奇蹟之一。入場費是每人 5BRL。教堂內金碧輝煌，是我見世界各地眾多教堂中最多真黃金和白銀裝飾的一所。據說，建造此教堂動用了 300 千克真黃金，80 千克白銀，不過在這所教堂內，最吸引我的是扶手欄杆上的懷了孕的女黑奴雕像。聽導遊說，當年在薩爾瓦多居住的歐洲人和教廷內的主持，大都希望家中的黑奴們多產子，因產子越多，則主人的財富越大，就好像牧場裏的牛羊，數目越多，則

牧場主人越富有，他們可以隨便買賣家中的奴隸。嘿！人權？十八世紀末 1789 年，法國大革命開始，歐洲人已開始談論人權，但當時在巴西的黑奴仍在水深火熱中，他們的命運就好像牧場中的牛羊，任由主人買賣或宰割。

金碧輝煌的佛朗斯哥教堂內

懷孕的女黑奴雕像

　　金碧輝煌的教堂後，有一個沒有任何裝飾的小區，由一扇天藍色的小門隔開，此區四面白牆，樑柱上亦清簡得沒有任何裝飾，導遊說是奴隸們祈禱的地方。噢！這就是奴隸的待遇？！開採南美的金山銀山的是奴隸們的勞動力，但享受成果的就是他們有槍的主人。真不知當年的奴隸們是否在愛心浩瀚的天主腳下，祈禱著有朝一天，世界上的人類可以真的平等相處？

教堂後沒有任何裝飾的小區

Pelourinho 普羅萊奧廣場

普羅萊奧廣場

Pelourinho 是葡萄牙文「笑柄」的意思，它位在 Igreja do Rosario dos Pretos 教堂的前方，這廣場是威震拉丁美洲的刑場和販賣奴隸的地方。在廣場的正中，擺放著宣揚愛的大十字架，不知當年奴隸的主人們在執行刑罪時，有否有受愛的感應，對被處罰者手下留情？！

上城區遊玩 2 小時多後，是時候要下城回船了，雖然不捨，其實在上城遊玩，最好是停留一天，慢慢品賞，因還有很多可遊之處，但郵輪開航不等人，所以還是匆匆乘直立電梯下城去吧。在下城區的莫代羅大市場（本是十九世紀初時建造的海關大樓）逛了一轉，喝了支冰凍的巴西土啤 8BRL，準備回船去了。在回船途中的旅遊中心，可以免費上網 WiFi，向遠方的家人報平安後，又匆匆登船向下一站里約熱內盧前進了。

南美洲

第十站 里約熱內盧 Rio de Janeiro
☆友善，熱情的巴西人☆

　　里約熱內盧 Rio de Janeiro(意即一月之河) 在巴西東面，是個很熱的旅遊地點，也是巴西第二大城市。獨立初期是巴西首都，後來首都遷到巴西里亞 Brasilia。現在它是世界第三大天然良港之一。

　　1555 年後里約熱內盧曾短暫被法國殖民，後葡萄牙在 1654 年後重奪控制權後，在法國的舊城堡 Fort Coligny 的遺址上興建一批城堡，以作防禦和抵抗侵略者。1693 年後，葡萄牙人在巴西發現黃金礦和鑽石礦後，這裡就成為輸出黃金和鑽石到歐洲的港口了。

　　里約熱內盧是個多元種族文化的地方，郵輪碼頭上的幾幅大型人像圖就說明了這一點。我們的郵輪在早上 8：00 到達，黃昏 18：00 就會開航到最後一站，阿根廷的布宜諾斯艾利斯，所以有較長的時間在里約熱內盧遊玩。

　　郵輪駛進港灣區時，我們就看到里約熱內盧著名的景點，耶穌山和甜包山 Morros Poa de Acuca 啦！再進入港口時，幾幅巨型的各國民族人像就影入眼簾，聽船上的巴西籍遊客說，這是代表了這個

63

地方的多種族文化共融：有寒凍地區的阿拉斯加人，中華民族南方的苗族人，非洲來的黑人，原土著的印地安人，還有殖民者的歐洲人。從郵輪進入碼頭的剎那間起，就可感受到這城市的特別，是個真正可容納世界各地，各族羣的多元化國家。

在船上向下攝的碼頭區外

巨型非洲人像

里約熱內盧的市內有數不清的好去處，著名的有耶穌山 Corcovado、甜包山 Morros Poa de Acucar、巴拉卡納體育場、即嘉年華狂歡節的場地、科帕卡班納海灘 Copacabana、伊班納瑪海灘 Ipanama、瑪納簡那大球場 Maracana Stadium 等等。要去的地方太多了，但我們兩年前已曾遊此地，要去的地方也曾留下足跡，所以今次我們選擇留在碼頭附近的地點及市中心走走，感受一點里約熱內盧另一方的面目。

很多傳媒報道里約熱內盧是個罪惡之城，搶劫打架通街都是，但從我們兩年前到巴西的聖保羅城、里約熱內盧或是伊瓜蘇瀑布等地區遊玩，都感覺到巴西的治安與其它各國無異，其實每個地區，除了是戰地我未去過，到處都是差不多，有好人有壞人，低調和謹慎才是安全旅遊之法。巴西人熱情、友善、真純，在里約熱內盧市內也到處遇到。

出了里約熱內盧碼頭的關閘區是個很大的有蓋場所，內裏有很多商店和本地遊的旅遊攤檔，提供到市內各著名的景點，任君選擇，價格當然比郵輪上的遊行團平很多。出了這場所，就看到輕軌車站，從這些車站出發，就會帶你到市中心，車費每人 3.6BRL，長者 65 歲以上免費。巴西各市的公共交通，65 歲長者都是免費的。65 歲長者進入各景點，博物館、球場等政府的公共設施，都有優惠或半價，巴西的公共福利其實很好，也惠及外國人。

碼頭區附近

若你喜歡徒步，在碼頭區附近步行出市區的沿途中也有很多新的建設景點值得留意。如新落成不久的艾曼那博物館 Museu do Amanha。

博物館的正面

艾曼那博物館 Museu do Amanha

此新建博物館新潮獨特，它巨型的獨臂担架設計外型是謀殺我們很多菲林的兇手。此博物館內展示了很多巴西現代藝術家的創作品，要買入場票。

巨型獨臂担架設計外型的博物館

海軍總部 Espaco Cultural del Marinha

海軍總部外露的潛水艇

沿博物館往前走的是海軍總部 Espaco Cultural del Marinha，是歷史悠久的葡萄牙時期遺留下來，現在還沿用的海軍總部（「h」在葡萄牙語和西班牙語是不發音的）。

沿著海岸線再往市中心走不多遠，就是海濱花園 Largo do Paco，背著海濱往前看，就看到一幢很有歷史價值的聖羅莎加姆大教堂 Antigo Convent de Nossa Senhora do Carmo。

海濱花園 Largo do Paco

聖羅莎加姆大教堂
Antigo Convent de Nossa Senhora do Carmo

聖羅莎加姆大教堂是天主教堂，內部的一磚一瓦陳設，仍保留了濃厚的殖民時期葡萄牙色彩，天花板上刻畫了多幅聖經故事天花畫、坐椅，地板也是葡萄牙殖民時期遺留下來的設計。

聖羅莎加姆大教堂

聖羅莎加姆大教堂內部

里約熱內盧市中心

出了大教堂向前走，就是市中心了。越往前走，人羣越多，街道兩旁商店林立，但店內燈光不足，不知是慳電或是環保，暗暗的，行人路上的地板是典型的里約熱內盧式黑白波紋石子鋪砌。再往前走，行人車輛更擠擁，其間有人向我們打招呼「Chino」哈！原來西班牙語和葡萄牙語稱呼我們中國人是「Chino」。他們是無惡意的，因打招呼時面上表現的是親切的笑容，我們也報以微笑回應。其實在南美，特別是在巴西，中國人是很受歡迎的。

市中心的行人路

街道上的人車

葡式的小教堂內

再往前走，是里約熱內盧的本地街市，人民熙來攘往，熱鬧非常，有些似香港的旺角街市。細看這裡的人種，多似拉丁美洲人、即印第安人與外國人如葡萄牙人、西班牙人、法國人或黑人的混血兒後裔。在熱鬧的的街道內，很多時都會看到一幢二幢葡式的小教堂，裏內雖然陳舊，但仍有很多信眾出入祈禱，這裡就是他們生活壓力下的一種放鬆吧。

南美洲

葡萄牙文化珍藏圖書館
Real Gabinete Portuguez de Leitura

在市中心內街的轉角處，有所著名的葡萄牙文化珍藏圖書館 Real Gabinete Portuguez de Leitura，免費入場。這裏珍藏了很多葡萄牙殖民時期的書籍，你就算不懂葡文，入內看看也很值得，裏面的裝飾，充滿了葡萄牙興旺時期的色彩，樓高數層，擺滿了珍貴的書籍，古典的、現代的，應有盡有，你可在館內借閱。書桌椅也是雕有花紋的葡式古董。由底至頂，是黑檀木的書架，四週圍著葡國雕花欄杆，天花頂正中有個透著太陽光的彩色花紋玻璃窗，四角有葡萄牙時期的著名知識分子，可說是一間透著書卷氣十足的文化藝術品展廳。

葡萄牙文化珍藏圖書館

圖書館內的葡萄牙文化珍藏

中央火車站

再向前走，就是市中心的市中心點——中央火車站。兩年前我們曾在此火車站留連，食葡式炸脆角和喝鮮揸果汁，當年是 3BRL 一個脆角、2.5BRL 一杯鮮果汁、現在是 5BRL 一個脆角、

中央火車站內賣脆角和鮮果汁的商舖

3BRL 一杯鮮果汁，兩年間巴西的通貨膨脹可見一班。香港何常不是！

走出中央火車站的另一個出口，就是我們兩年前坐免費吊車安全遊巴西著名貧民窟的纜車總站。當年我與外子誤打誤撞上了架來往貧民窟的吊車，空中遊里約熱內盧臭名昭著的貧民窟，但出乎意料的，和我們同車住在貧民窟的人，也像往常街上行走的普通人一樣，沒有惡相，也很友善和熱情，其實如果你以平常

中央火車站大樓就在大馬路後

心，以尊重和友善的態度與人相處，對方何常不是以同樣的態度回應？！不過今次想空中重遊里約的貧民窟的願望落空了，因纜車停開了，何時重開，那裡的人都不知道，因政府管理層換了屆，纜車不開是政治理由，因這纜車設備是中國（大陸）政府免費相贈給巴西前政府的。

離開中央火車站，順遊幾處附近的幾個景點。在回船的途中，走進了人民公園 Praca da Republica，公園的中央有座大型的紀念雕像 Campo de Santana。稍事休息後，從公園的另一出口出時，附近的居民指點我們到就在公園對面的消防局博物館 Museu do Corpo de Bombeiros 參觀。

圖左角的建築物是中央火車站外的纜車總站

南美洲

消防局博物館 Museu do Corpo de Bombeiros

Corpo de Bombeiros 消防局博物館是間歷史悠久的消防局，現在還肩負起里約市內的消防工作。消防局內的博物館，儲存了自十六世紀年代的滅火車、滅火器和各種消防用品，十分珍貴。不過最令我難忘的還是消防局內工作人員的熱誠招待，我們在消防局門外向侍衛表明了遊客身份後，他們便帶我們到局內的博物館。正在休息的博物館館長在幾分鐘後就趕來到博物館。（他是現任的消防局處長和博物館館長，住在附有員工宿舍的消防局內，所以很快便可到達博物館）他看似 40 歲左右，身體健碩，態度誠懇熱情，能操流利英語，他向我們講解每部古老而又珍貴的葡萄牙殖民時期的滅火車和各種用品，如數家珍，令我們獲益無數。

Corpo de Bombeiros 消防局博物館內的展品

最後他還向我們展示四、五年前中國各地消防處的高層官員到訪時送給他們館收藏的紀念品。他的招待，令我們很受用，也很感動，有賓至如歸之感。

離登船時間衹有一個多小時，我們匆匆別過館長後，便趕快徒步走回船了。今次里約熱內盧的遊玩，雖然沒有到旅遊熱點，但市內遊的體驗，可令我們更了解里約熱內盧人民生活真實的一面。

第十一站 布宜諾斯艾利斯 Buenos Aires (1)

☆美麗，浪漫又無奈的布宜諾斯艾利斯☆

我們的郵輪駛離里約熱內盧後，經過二天的海上航行，在 2017 年 12 月 7 日的早上，到達了這次郵輪旅程的最後一站，阿根廷的布宜諾斯艾利斯。

布宜諾斯艾利斯（西班牙語「Buenos Aires」是好空氣的意思）布宜諾斯艾利斯市是阿根廷的首都和最大城市，位於拉普拉塔河 Rio de La Plata（意思是「銀河」）南岸，是拉丁美州第二大都會區。2007 年被評為全球第三最美城市。

遠看的布宜諾斯艾利斯

布市的郵輪貨櫃碼頭

自 1914 年第一次歐洲大戰起至第二次世界大戰期間，布宜諾斯艾利斯市（簡稱「布市」）是富有的歐洲移民趨之若鶩的目的地，他們逃避戰禍，把財富從遙遠的歐洲運到此地，在這裡他們建設歐式的建築物，重過往日在歐洲的生活模式，所以在布市我們舉目可見美麗的歐式大樓，劇院和教堂，布市亦有「南美巴黎」之稱號。

　　早上郵輪就泊在市中心對出海面的貨櫃碼頭旁，我們要乘專用巴士到碼頭海關大樓，拿了行李後就乘的士駛往預早訂下，在郵輪碼頭不遠處的市中心酒店，普林齊帕多市區酒店 Principado Downtown Hotel(HKD680/ 晚，當地的 4 星級) 的士費是 USD15 美元。因未能在港換阿根廷披索 ARS，所以以美元計算。阿根廷的貨幣起落很大，當時 2017 年 12 月的對換價是 USD1=17ARS 披索，今天 2018 年 8 月寫這篇遊記時上網查閱是 USD1=27.47ARS，所以在阿根廷的人喜愛美元多於阿根廷披索，不過他們物品的價錢也會隨著兌換價調整的。

　　我們會在布市停留四晚遊玩，第五天 12 月 11 日會飛往智利的聖地亞哥。所以兌換阿根廷披索是有必要的。我們酒店附近的旅遊行人專區 Florida 就有很多專營兌換的駁腳小子和小店，如果不怕假幣（其實都可信的——祇是個人意見，自己衡量而行）兌換價是比銀行好，且快捷，因在銀行要等很久，南美人做事，都是較滋油（慢）！等到人發火。不過一次不要換太多，因滙價每天變且境外不可換回。（南美國家不算，我在秘魯就可把餘下的所有南美貨幣兌換成美元）

街上歐式的舊建築物

　　布市是個很吸引人和很多好玩的地方。祇是在街上看它歐式的舊

建築物，已令人目不暇給。欣賞滿街滿巷的探戈舞 Tango，到牧場看牛仔 Gaucho 的馬術表演，吃著名的阿根廷燒牛肉等等，都令人響往。還有，感受一下布市普遍瀰漫著的哀傷和凄美，著實令人陶醉。

布市的人種多是歐洲裔的後人，最多是西班牙人和意大利人，其次是德國人、法國人、英國人、葡萄牙人、東歐人、俄羅斯人，及他們的混血兒等等，二十世紀時，亞洲的日本人、中國人和韓國人才開始移民此地，我們也曾造訪布市的中國城呢！

布市的城市設計現代化，人民素質有文化，也較冷傲，與他們相處，你會感覺到有種有志不能伸的無奈，所以很多人說布宜諾斯艾利斯是個哀傷的城市。還有否憶起有首著名的英文歌《Don't Cry for me Argentina》其實這首歌不但是阿根廷國母「貝隆夫人」瑪麗亞 · 伊娃 · 杜阿爾特 · 德 · 貝隆 Maria Eva Duarte de Peron 的寫照，我感覺到也是布市阿根廷人的寫照。我說是布市阿根廷人的寫照是因為在別的阿根廷地區，感覺沒有那麼強烈。不知是否越有文化的人，對生活質素的要求越高，相對的不滿情緒也越大？！

布宜諾斯艾利斯的好去處，多到可以另寫一本專書介紹。這裡就簡署的介紹一下。

由郵輪碼頭大樓步行約 10 分可到 Retiro 滑鐵盧火車總站，也是所有 Retiro 地區的交通工具總站，有各綫火車、地鐵、巴士從這總站開出帶你到各個目的地。購買一張叫「SUBE」的儲值卡，用處就好像香港的八達通卡，可在火車站服務點或街頭有寫著「SUBE」的小士多購買，購買時要有證件證明身分。此卡辦卡費 20ARS 披索，辦卡費不可取回，但用起來很方便，地鐵和巴士都可通用，且可多人共用一卡。

南美洲

Retiro 滑鐵盧火車總站

Retiro 滑鐵盧火車總站外巴士站

Retiro 滑鐵盧火車總站是其中一個要遊的景點，此龐大的歐陸式建築物，站內大堂是意大利式古羅馬設計，牆上掛有數支火炬型的壁燈聽說是英國的古董，火車班次來往的時刻表是現代化的營幕視屏，有古式古鄉的食店裝璜，也有現代化裝飾的商店。站內有佩鎗的保安員維持秩序，人流很多，但很安全。

火炬型的壁燈

Retiro 滑鐵盧火車總站內

英國紀念鐘樓 Torre Monumental

在火車站對出的廣場上，是布市當地英國社區在 1810 年五月革命一百週年時送給阿根廷的禮物。此鐘樓與香港尖沙咀海傍的英國鐘樓有姊妹作的相似。

英國紀念鐘樓 Torre Monumental

聖馬田廣場
Plaza San Martin

聖馬田廣場就在火車總站的斜對面馬路，這寬大的廣場上綠樹成蔭，繁花朵朵，有座很大的紀念碑 Monument a Los Caidos en Malvinas. 和有個小童遊樂場，有很多人在此休息和與小孩遊戲。

聖馬田廣場內其中一小雕像

南美洲

佛羅里達 Florida 行人專用商業區

在酒店附近，徒步 5 分鐘可到達佛羅里達 Florida 行人專用商業區。這裡商店林立，各式各樣各國的貨品都有，好像香港的銅鑼灣區或旺角的行人專用商業區，街頭藝人表演亦多，很多藝人都很有水準，有些更有劇院表演的精彩唱功。黑市兌換貨幣的人更頻繁的跟着你，口中喃哦的叫著「cambia，cambia」意即「兌換，兌換」。

Florida 小路的行人專用商業區

在 Florida 小路的行人專用商業區上，你還可以看到很多歐陸式的古董大樓，如海軍總部大樓就是其中一幢精美的法式建築物，可惜不准人進入參觀。我們途中進入一間意式大樓 Galerias del Pacifico 購物商場，內裏已裝修成很多商店，但大樓內仍保留著歐陸式的風格，內有食肆，可以在大樓內購物和用餐。

海軍總部大樓

購物中心

五月廣場 Plaza de Mayo

五月廣場 Plaza de Mayo 是布市的心藏地區，也是阿根廷的政治活動中心，我們到遊當日，就有二個政治團體在此抗議示威，表達他們的訴求。阿根廷歷史上有名的「五月廣場母親」Mothers of the Plaza de Mayo. 就是在此發起的示威活動的。

五月廣場 Plaza de Mayo

五月金字塔 Piramide de Mayo

廣場中央有座莊嚴的四方柱紀念碑,「五月金字塔」Piramide de Mayo,是紀念 1810 年 5 月 25 日獨立日而設立。

五月金字塔

玫瑰宮博物館 Museo Casa Rosada

廣場中「五月金字塔」的前方是粉紅色的玫瑰宮博物館 Museo Casa Rosada,以前是阿根廷的總統府,聽說貝隆夫人曾在此宮的陽台演說,我們到的當天,博物館正值維修期,我們祇能望門輕嘆。

後面的粉紅建築物是玫瑰宮博物館

大教堂 Catedral Metropolitan de Buenos Aires

五月金字塔的左方是大教堂 Catedral Metropolitan de Buenos Aires。是布市主要的天主教大教堂，建造由 1752 年至 1852 年，歷時一百年，1911 年才完成內部裝修。它的外型像希臘式的大會堂，由十二條圓柱體承托著一個雕有很多希臘古代人物的三角屋頂。內裏裝飾古雅莊嚴，是值得一看和稍事停留休息的一個好地方。

大教堂

大教堂內

城市發展展覽廳

城市發展展覽廳
Palacios de Gobieno de la Ciudad

「五月金字塔」的後方是城市發展展覽廳 Palacios de Gobieno de la Ciudad，可免費參觀。裏面展出了這個城市的發展史。站在它二樓的陽台，更可腑視整個五月廣場，是最佳的攝影點。

由此展覽廳旁的五月大路 Avenida de Mayo 向前行 30 分鐘，就會到達七月九號大道 9 de Julio。五月大道上的兩旁有很多十八、十九世紀的歐陸式大樓和食肆，漫步細行，亦情趣萬分。

五月大道上歐陸式大樓上的門環

南美洲

桃莉吐尼咖啡廳 Cafe Tortoni

在五月大道 Avenida de Mayo 通往到七月九日 9 de Julio 大道的途中約五分三路段上。是間老牌的咖啡廳，每晚七時就有精彩的傳統探戈舞 Tango 表演，入場費 450ARS/ 人，不包餐食。每天都有大批遊客冒名來看探戈或進入餐廳進食，所以當你到達的時候，你會看到門外有條長長的人龍排隊。如傍晚想看探戈表演，一定要當日早到買票，否則就會望門輕嘆。

傳統探戈舞 Tango 表演

咖啡廳 Cafe Tortoni

五月大道看到的方尖碑

晚上亮了燈的方尖碑

貝隆夫人開咪線圖像

七月九號大道 9 de Julio

七月九號大道 9 de Julio 是布市交通的主動脈，車水馬龍，單一方向就有多達七個車道，是全世界最寬闊的道路之一。沿着這條大道，到達與哥利安蒂大道 Avenida Corrientes 交叉口的共和廣場上 Plaza de la Republica 你就可看到紀念七月九日獨立日的方尖碑 Obelisco，方尖碑是布市的主要地標。

七月九日大道向東行二個街口位的右旁，就是科隆大劇院 Teatro Colon，一所世界著名的大劇院，是座典型的文藝復興式的龐然建築物。日間可購票入場參觀，票價 250ARS/ 人。

沿着七月九日大道中的行人草地，你還會看到無數的藝術展品，有十八世紀時的雕像，充滿歐洲風格的噴水池，和新近廿一世紀的崇簡創作等等，新舊溶和，十分有趣，亦充滿文化藝術氣息。呀！偶然抬頭，還看到遠處用黑色線條勾劃出的貝隆夫人開咪講話的巨型肖像。

布宜諾斯艾利斯的中國城 Barrio Chino

中國城在布市的東北面，從 Retiro 火車總站乘駛往 Tigre 的方向的兩個火車站 Belgrano C 下車，往前走不多遠便是 Barrio Chino 中國城。這裡的中國城不大，祇有二條街，有中國餐館、雜貨店和超市等。中國人也以早期台灣移民為多，近年從中國大陸移民去的也漸漸多起來，現在還有些宗親會組織時常與中國大陸有聯絡。

我們到國外旅行，如有時間的，都希望到當地的中國城走走，看看中國人在外當地的生活如何。布市的中國城內的中國人，都是商人多，在他們店內幫忙工作的都是當地的拉丁美洲人（看似是印地安人或黑人的混血兒後代），我與他們閒談間，了解到在布市，他們的生活是穩定的，但發達則無望，刻苦耐勞是不愁餓死的。

南美洲

火車站 Belgrano C

Barrio Chino 中國城

中國城內的中國人

博卡區 LA Boca 的加米尼托 Caminito

博卡區 LA Boca 的加米尼托 Caminito 在 布 市 的 南面，本是一個貧民窟，是早期歐洲的勞工和水手移民上岸點。當年他們生活困苦，與當地的黑人、印地安人共同生活一起，多人擠迫在搭建的破爛鐵皮屋內生活。多種民族的共融後，樂觀浪漫的情緒和人生觀，使他們在破舊的房屋牆上，漆上船上用剩下來的油漆來美化房屋，因剩下的油漆數量不夠，往往在同一屋子上要漆上不同顏色的漆油，有些更在牆上畫上圖畫，久而久之，這小區就形成了它自己獨特的七彩屋風格，現在更成為布市必遊的旅遊景點之一。區內販賣紀念品和藝術品的小店攤檔林立，有時也會在這小區中找尋到很具創意的藝術品呢！

從酒店或市中心，去 Carminito 加米尼托，可乘坐 152 号巴士向博卡 La Boca 方向行駛，到尾站下車，再向前行十分鐘便到達目的地。車費 6ARS 披索。

博卡區 LA Boca 內七彩繽紛的鐵皮屋和生動有趣的卡通人物

加米尼托 Caminito 小區內的探戈 Tango

Tango 探戈，這種舞步的起源是源自妓女們挑釁嫖客的一種誘人舞姿。當年在這 Caminito 小區內是十分普通的一種淫媒技倆，後來漸漸的，由於它的纏綿和綺麗的舞姿，吸引了很多人欣賞，現在更差不多成為阿根廷的國舞了。

我們在小區內亦不時看到餐廳外、小店旁，有些是即興的 Tango 表演者，有些是受聘的舞者。他們的投入、美妙的舞姿和表情，實令人陶醉。我們更看到有隊來自幼稚園的小女孩們，由家人和老師帶領，特意到來這小區學習 Tango 呢！

Caminito 內的攤檔和食店

纏綿綺麗的 Tango

南美洲

83

多懷高廣場 Plaza Dorrego

Plaza Dorrego 在森得爾姆 San Telmo 區內的一個小廣場，當地人稱此地是他們的平民晚總會，我們遊罷 Carminito 後乘巴士 152 號回程途中，在 San Telmo 的站下車，向西走一段小路 5 分鐘後就到達這個號稱平民晚總會的小廣場。這個小廣場週邊圍了很多小攤檔擺賣，廣場中擺放了很多附近餐廳的枱椅，中

美妙的探戈 Tango 舞

央有對穿着齊整舞衣的男女正在投入地跳着探戈舞 Tango，他們舞姿美妙，表情十足，本來我想可能是餐廳的東主邀請他們來表演給食客欣賞的，我們也就坐下來喝啤酒吃脆角欣賞了。後來才知到不是，他們是街頭表演舞者，舞吧會向圍觀者索取打賞的，我們也就賞了，他們也很有禮貌的相邀我們拍照留念呢。哈！布市就是有這樣都市化的浪漫。

相邀我們拍照的舞者

另一對相邀我們拍照的舞者

牛仔牧場 Gaucho 高卓人

阿根廷布市的牛仔牧場在布宜諾斯艾利斯的城外郊區，他們最出名的是 Gaucho 高卓人和燒阿根廷牛肉。

迎接我們的 Gaucho 和農婦

Gaucho 高卓人是西班牙人與印地安人的混血孤兒，當年西班牙殖民統治南美阿根廷，西班牙士兵們多沒有帶家眷，他們和印地安人婦女生下的混血兒叫 Gaucho 高卓人，他們多被遺棄、或被牧場主人收留作奴工使用，他們要學習騎馬放牧，在牧場做些粗下工作，身分得不到社會人仕的認同。自阿根廷解放成共和國後，這些高卓人才漸漸被社會認同。因是混血兒，高卓人個子高大，樣貌俊俏，又曾被三毛在小說內形容是個令人魂牽夢縈的俊俏郎君，所以現在已是牧場招來遊客的其中一個賣點了。現在他們與牧場主人間已是僱傭關係，當牧場有客時，他們會被邀請到牧場作馬術表演和招待工作。

牧場內

我們經酒店訂了一天 Gaucho Tour 牛仔牧場一天遊，包交通、燒牛肉午餐、牧場內看表演、騎馬和在牧場內玩一天，全程由早上九時至下午五時，USD125/ 人。

2017 年 12 月 10 日早上九時，我們在酒店門外坐上一輛十四人的小巴，小巴上已有其他同往牧場的遊客，我們再在另一間酒店接載四個客人後，小巴便向着布市的北面直駛。約十一時許到達牧場。廣闊的平原上有幾座平房，平房的外圍圍著木欄杆，欄杆看不到盡處。我們下車後有一高大俊俏，頸上繫着三角巾的牛仔 Gaucho 歡迎我們，帶我們進入平房後，有位穿看如荷蘭農婦般的女士上前遞給我們每人一隻迷你脆角，Gaucho 又遞給我們冰凍啤酒或果汁，稍事休息後，剛才的牛仔便開始帶我們到處參觀這個牧場。這個牧馬場雖不是布市最大的牧場，但也算設備完整的一個，有個小小的展覽館，展示當年牧場於十九世紀時初來阿根廷發展，從歐洲帶來的生活物品和衣服等，有個儲存十九世紀時用過的農具、牧場工具室、當年的起居室等，

小小展覽館內的陳設

牧馬場（內有約二百隻馬在休息，Gaucho 說我們午飯後有一個騎馬節目），休息室和可坐二百客人的食堂。十二時吃燒牛肉午餐，由 Gaucho 體貼的上菜服務，午餐是正宗的阿根廷燒牛肉，我們在到達牧場時，已經看到另一個 Gaucho 在炭燒牛肉了。有免費阿根廷紅酒、白酒、啤酒佐餐，任飲唔嬲！用餐的中途還有表演，牛仔探戈、牛仔繩圈、阿根廷歌、鼓、舞等，令客有賓至如歸之感。

吃完午餐後稍事休息，我們便跟著 Gaucho 騎馬去。每人一馬，十四人由三個 Gaucho 一前一後一中照應著，繞看龐大的牧場走一圈約半小時後便回程了。記着搽太陽油、戴帽和太陽眼鏡。忘記了也可在牧場內的紀念品店購買，價錢也合理。

騎馬後稍事休息，也可到處攝影。（除了我們一團外，其實還有其他數團，聽帶我們隊的 Gaucho 說，最旺的時候，這牧場可容納二百個客人）。下午約二時後，等所有團的人都騎過了馬後，牧場上的所有 Gaucho 便開始表演牧馬和騎馬奔馳中穿小圈的難度表演了。我們坐好位置後，便看到遠處的沙塵滾滾，原來是幾個 Gaucho 領著數十頭俊馬由遠處向着我們跑來，他們表演了幾種牧馬技術和繩索牧馬後，便開始表演難度極高的高速騎馬，手中拿著原子筆，奔向擊馬架（約三米高）上綁著的約 1.5cm 直徑的小鐵線圈穿去。成功的 Gaucho 贏得了觀眾們雷動般的掌聲。我最後還得到一個成功取下鐵線的 Gaucho 贈與取下的鐵線圈呢。哈！謝謝，不過別忘了給 Tips。

下午三時許離開牧場回酒店。明天乘 KLM 航機（單程 HKD1570/ 人）飛往智利的聖地亞哥，開始第十二站的旅程。

Gaucho 表演牧馬和騎馬術

1.5cm 直徑的小鐵線圈

贏得掌聲雷動的 Gaucho

南美洲

俊俏的 Gaucho

第十二站 聖地牙哥 Santiago
☆建城者的威武和守城者的悲壯☆

我們於 2017 年 12 月 11 日離開阿根廷的布宜諾斯艾利斯，飛往智利的聖地牙哥市。布宜諾斯艾利斯市內的飛機場有分內陸機場和國際機場，內陸機場在市中心，車程祇需十餘分鐘便到，國際機場在市區外，車程要近一小時，所以請的士駛往機場時務必要講清楚，別誤了時間也誤了金錢。當日由市中心到國際機場的車費是 700ARS 阿根廷披索。

我們會在聖地牙哥市住四晚，12 月 15 日我們將會在聖地牙哥市鄰近向西的聖安東尼奧 San Antonio 郵輪碼頭上，上另一艘郵輪 Holland America 的 Ms Zaandam，航行南下至南極繞道再航行駛回阿根廷的布宜諾斯艾利斯市，總共 22 天的郵輪旅程。

聖地牙哥 Santiago 是南美國家智利的首都兼最大工業和金融城市，位於南美洲西面，面向南太平洋。我們飛了 2 小時餘便到達智利的聖地牙哥市。下機後可坐機場巴士入市區，票價是 $1500CLP 智利披索或 USD3。班次很頻密，約十分鐘一班。很多人乘搭的，有企位。不過最好是等等，有座位才上車，因車程要 45 分鐘。

機場巴士駛至市區，總站停在市中心的中央火車站 Estacion Central。我們住的城市套房旅館在 Santa Lucia 地鐵站旁，我們要轉乘的士才可到達旅館，因我們每人有一個行李喼和一個背包，拿著坐地鐵不方便。

我們在聖地牙哥住的這間城市短期出租套房旅館是我所有旅行旅館中最差的一間，辦理入住的女仕祇懂說西班牙語，清潔的女工是個貪心的人，我辦入住手續時放在辦公桌上忘記帶走的老花眼鏡，竟被此清潔女工拿走，後幾經轉折才拿回，使我住在這旅館內每天都提心

吊胆，怕隨身的旅費被偷。再
者，我訂了這套房（有廚
房設備可供煮食）三晚
四天 HKD630/ 晚，
同樣在 zh.hotels.
com 訂），竟然三
天內不換毛巾和不
打掃房子，廁紙也差
不多要我自己買，我跟
他們的網上經理人理論，

中央火車站 Estacion Central 外

他竟說他這短期出租的旅館不是
Hotel，不會每天換毛巾和打掃房子的。噢！My God ！套房旅館竟
要自己打掃？第四晚，我們在網上 Airbnb 訂了間相距三分鐘步程的
另一所也是有廚房設備完善的套房，這間的服務和設備都是一流，房
內整潔雅緻，毛巾厠紙有很多備用，價錢更平，祇 USD55/ 晚，約為
HKD429/ 晚。原來業主是從德國到來智利工作的德國女仕，哈！怪
不得設備和服務態度相差千里，由此你可見本地人與外來者的分別。

聖地亞哥市街上的人也較雜，乞丐也比其他城市多。我有天在街
上逛時，看到遠處有追搶匪的騷亂，所以聖地亞哥市，是旅遊時要特
別小心的城市。

我們安頓好行李後，便開始在街上逛逛。

聖地亞哥市是在 1541 年被西班牙征服者入侵後建立的，市內舊
城區到處可見西班牙殖民時期的建築物，如總統官邸、政府辦公大樓、
教堂、劇院、圖書館等等，都是西班牙殖民時期的建築色彩和風格，
當然現代建築物也不少在新城金融區出現。

南
美
洲

奧依金斯大街
Avenida Libertador Bernardo O'Higgins
（簡稱 O'Higgins Avenue）

奧依金斯大街(O'Higgins Avenue) 上的藝術作品

一條長約數公里，由東至西貫穿整個聖地牙哥舊城區的大道，道的兩旁就是購物中心和西班牙殖民時期遺留下來的建築物景點區。

智利國家圖書館內

智利國家圖書館 National Libreary of Chile

一幢龐大的西班牙式建築物，內裏有很多房間，儲存了很多南美和世界各地珍貴的書籍，開放給外人參觀。裏面的工作人員也很友善。門口很多小販擺賣，有些看來是來自其他國家的浪遊一族。（浪遊在南美各國很普遍，他們多是年青人，身上旅費有限，去到那裏便在那裡想辦法維生，有人在街頭唱歌，有人跳舞，有人玩樂器，有人玩雜技，有人販賣手工藝品，甚至有人行乞，各適其適。有些浪遊一段短時間就回歸正常生活，有些則結婚生子後仍繼續浪遊。他們對生命的追求有其獨自的見解）

聖地牙哥市立歌劇院 Teatro Municipal de Santiago

市立歌劇院內部設計

聖地牙哥市立歌劇院 Teatro Municipal de Santiago 是典型西班牙式劇院建築，內部 U 型的看台坐位設計和美麗的天花，有些似意大利米蘭的 Teatro alla Scalla，它每年接待來自世界各地的表演者。我們到達的第二晚，就有幸入場欣賞到一隊當地有名的樂隊為外來的高低音歌唱家伴奏的演出。當地人對文化藝術的嚮往，也甚熱衷，當然，與米蘭的文化藝術的熱忱相比，還是有段距離。

南美洲

在劇院鄰近，有個小小不起眼的找換店，裏面的兌換價很好，很多當地的外勞都在這裡兌換自己家鄉的貨幣或美元。

外來的高低音歌唱家與伴奏的樂團演出

武器廣場

武器廣場是聖地牙哥遊必到的地方，在聖地牙哥市立歌劇院的同一條街背着 O' Higgins Avenue 大道走二個街口左拐一個街口便是。

廣場很大，有很多遊人，市民和遊客都很多，更有來自各地的街頭藝人表演歌唱，跳舞或演講。我們就曾為一對姊弟在廣場邊表演精彩的民族舞蹈而注足觀看良久呢！

精彩的街頭民族舞蹈   2017/12/12

騎着駿馬巡邏的警察，後面的牌扁就是旅遊咨詢中心所在

廣場是整個聖地牙哥市的旅遊焦點，廣場旁的國家歷史博物館旁有個小小的鋪位，是旅遊咨詢中心，中心的職員很友善，他們講流利的英語，隨時樂意解答你的問題。廣場內有維持秩序的警察，有部份還騎着駿馬巡邏呢。

廣場上矗立著建城者佩德羅德維瓦爾德維亞 Pedro de Valdivia 騎馬的威武銅像。此像是 1960 年西班牙人為慶祝智利獨立 150 年送給智利政府的禮物。

手中把著頭顱守城者的巨形塑像

西班牙殖民建城者的銅像

銅像的另一邊近主教堂門口
的左角處，也有一個抱著頭顱
在手中的巨型塑像，是紀
念當年守城的土著祖先們
抵抗外敵西班牙殖民侵
略者時，灑熱血揮頭顱
的慘烈悲壯史蹟。

武器廣場的四週圍
著聖地牙哥天主教堂，
國家中央郵政局，國家歷
史博物館，政府市政廳，
購物商店和食店。

武器廣場上黃色的建築物是國家歷
史博物館遠處是聖地牙哥主教堂

南美洲

聖地牙哥主教堂內

聖地牙哥主教堂

是全智利規模最大的天
主教堂，始建於 1748 年，
在 1780 年時加建兩座鐘樓，
內部莊嚴華麗，有很多拱形柱
樑，裝飾著精美的雕花石砌。

國家歷史博物館 Museo Histórico Nacional

建築物原是 19 世紀時的皇家上訴法庭。現成為國家歷史博物館。內裏展示了大量的書籍，家具，手作品，插圖，油畫，工具及武器等。更介紹了由殖民時期前居於智利的土著，到登陸南美的歐美殖民者，西班牙殖民統治者及後的獨立至 1973 年的軍事政變等歷史演變，想認識多些智利這個國家，就必須一遊的博物館。免費參觀。

博物館內的油畫和家具

國家中央郵政局

國家中央郵政局原是一所殖民時期的總督官邸，1810 年獨立後是總統府，後來多次改建後，就成為現在的郵政大樓，內裡的裝飾和設計仍保留著很多西班牙殖民時期的風格，值得一看。

從武器廣場的主教堂與中央郵政局之間的一條小巷往前走，是條行人專用區的商業街，兩旁仍有很多具歷史性的建築物，如紅色外牆的聖地牙哥消防局總部，還有很多特色的商店和食肆，

國家中央郵政局

南美洲

大都設計獨特,其中,我們走進了一間懷舊裝飾,提供當地地道美食的餐廳進食午餐,餐價合理,很多本地人幫襯,他們還教我們選餐呢!

從這小巷繼續往前走,都是行人專用區,過了三條橫行的馬路後,就是著名的聖地牙哥中央街市 Mercado Central。在進入中央街市前,已看見很多販賣食物,水果的攤擋。進入街市後,更被很多人邀請進入他們的食檔進食。我們因剛在懷舊小店中午膳,所以祇在販賣海鮮的店子留連。有一羣韓國旅遊小子和另一對日本旅客,都在這裡買海鮮回旅館自己烹調。哈!原來很多遊客,都是喜歡如此做,我們於是也買了蟹和蝦回旅館,這晚可以大快朵頤海鮮餐喇!

懷舊裝飾的餐廳

街市內的海鮮

在聖地牙哥主教堂後面,就是舊國會大樓。

舊國會大樓 Ex Congreso Nacional 已不再在此辦公,現在的國會大樓已搬到海邊城市,瓦爾帕萊索 Valparaiso。走到舊國會大樓後面,就是國會圖書館 Biblioteca del Congreso Nacional,閒人免進。

司法廣場 Plaza de la Justica Montt Varas 和 高等法院 Corte Suprema

司法廣場和後面的高等法院

司法廣場在國會圖書館對面，橫過廣場就是智利的高等法院 Corte Suprema，是一幢建築宏偉的南美歐式建築物，建於 1905 至 1930 年，是主理聖地牙哥市和智利全國的高等案件法庭審判。隔隣是聖地牙哥上訴法庭 Corte Apelaciones de Santiago。

智利政府施法機構 Tribunale de Juisticia 在高等法院後面，處理所有智利國內的法律制定。

聖地牙哥的憲法機構 Tribunals Constitutional 也在附近，當日我們看見有羣人在抗議示威呢！其實這一帶都是聖地牙哥政府機構的所在地，警察巡邏也比其他地方頻密和嚴緊。

憲法廣場 Plaza de la Constitucion

憲法廣場顧名思義是為智利獨立制定憲法後而建造的紀念廣場，廣場綠草如茵，有着數座紀念建國者的紀念碑。

從憲法廣場望前看的拉莫內達宮

莫內達宮 Palacios de La Moneda

與憲法廣場比隣，往南走就
是拉莫內達宮 Palacios de La
Moneda，是現任智利總統居
住的總統府。建於 1784 年，是
十八世紀西班牙殖民時期的最大
建築物，原為皇家鑄幣廠，1846
年始為總統府。門外有衛兵看守，
聽說每隔兩天，總統府外就有衛
兵交接儀式，有樂隊演奏和騎兵
巡遊等，我們到的那天就剛剛完
了儀式，緣慳一面了。

從市民廣場望去的拉莫內達宮，被封的
部分廣場是衛兵交接儀式的地方

南美洲

市民廣場 Plaza de La Ciudadania

市民廣場是個巨型的大廣場，從莫內達宮南面一直伸延且橫跨奧
依金斯大道之後，再到達亞爾文高 Parque Almangro 公園止的人民
廣場，是市民休憩，閱兵或大型示威的地方，廣場上有個大大的水池，
一面巨型的智利國旗在迎風飄揚。廣場近拉莫達官附近有座文化中心，
常年舉辦各種文化活動和藝術展覽。廣場中段還有個智利英雄紀念堂，
也值得一看。

智利大學 Casa Central Universidad de Chile

智利大學成立於 1843 年，是南美洲歷史最悠久，最有名望的大
學之一，我們在校內遇到一個在這裡教學的教授，他說他曾到訪香港，
誇香港是個國際大都會，還謙虛的說「聖地牙哥落後了」。噢！謝謝，
我們仍須努力，努力向前進的週邊城市太多了，我們要是自滿，不久
就被比下去喇！

智利大學

聖地牙哥市也在努力趕上呢，我們在聖地牙哥市內的這幾天遊玩，就看到這城市的大學特別多，比任何一個其他城市都要多，私立的，公立的，隨街都可見到。有天我們坐在駛往 San Antonio 郵輪碼頭的旅遊巴士上，就遇到一個從中國大陸帶著女兒到聖地牙哥城讀大學的中國大媽。她說在智利讀大學是免費的，而且這裡的大學生也很受隣近南美國家的歡迎。呀！原來世界這麼大，不同的思維有不同的收穫。

聖方濟各教堂
Iglesia de San Francisco

聖方濟各教堂是聖地牙哥最古老的教堂，建於十六世紀時期，曾經歷多次地震，仍幸存。它的旁邊是個修道院，也是個存有很多 16 至 18 世紀殖民時期的展品和教會文物的博物館 Museo Colonial，很值得一看。要入場費，但有長者優惠。

紅牆的聖方濟各教堂和旁邊啡色石牆的修道院博物館

聖露西亞山
Cerro Santa Lucia

聖露西亞山在市中心的東面邊緣，分隔了舊城和新城的一座可以俯瞰全城景觀的小山。在殖民時期曾用作瞭望台，現在是景觀公園。不需入場費，但要簽署註冊表才可進入。可徒步上山，或在西面入口處乘電梯到山頂，電梯是由週二至週六，中午至傍晚運作。

從聖露西亞山頂瞭望台俯瞰全城景觀

南美洲

小山內仍保存著殖民時期的西班牙式小廣場和瞭望台，雕有人像的華麗外牆和西班牙式的噴泉，襯著寬敞宏麗的磚梯級，是絕佳的攝影背景。山上還有很多紀念碑和雕像，是遊都市繁華景後的一個好去處。

山腳下的休息亭和西班牙式的噴泉

山腰間的土著塑像和路燈

哥斯塔內拉中心 Costanera

哥斯塔內拉中心是聖地牙哥新城內的一個時尚購物中心，離舊城區中心約 15 分鐘地鐵車程。這裡有一棟全南美洲最高建築物之一的聖地牙哥高塔 Gran Torre Santiago 又 叫 Sky Costanera， 樓 高 984 英 尺 (300 米)，是新城區的地標。此中心商場販賣著現代最時尚的衣飾品物，亦有商場美食廣場。

由這商場乘車到河對面的吊車總站 Oasis，可乘吊車上聖克爾斯托瓦爾山，又叫聖母山 Cerro San Cristobal。

聖地牙哥高塔 Sky Costanera

來回聖母山的吊車

聖母山上張開雙手的聖母像

聖克爾斯托瓦爾山 Cerro San Cristobal(聖母山)

刻畫著耶穌受難事蹟的十字架

聖克爾斯托瓦爾山又叫聖母山，是因為山上有座巨型的聖母像 (14 公尺高)，張開雙手擁抱着整個聖地牙哥城，山上的山岡上有條小路，豎立著多個彩色繽紛，刻畫著耶穌受難或聖經事蹟的十字架。山上的紀念品商店和食店也可令你流連片刻。在山上吊車站的另一方，有覽車站可載客下山到舊城區。當日覽車站維修，覽車公司有小巴服務，接載遊人到山下的纜車總站。吊車車費有長者優惠，但小巴則沒有。

聖母山上的十字架小路

從纜車總站往南行約 10 分鐘，過了小橋後，就是巴幾丹奴廣場 Plaza Baquedano，廣場上有很多擺賣紀念品的攤檔，再向前行，就是意大利區了。從這裡沿著森林公園 Parque Forestall 步行回旅館祇需 20 分鐘左右，不過我們沿著森林公園去的地方，竟是武器廣場後的中央市場 Mercado Central。我們又買了海鮮回旅館吃海鮮晚餐喇！

明天早上，我們會乘地鐵到市中心的中央車站，再轉乘旅遊大巴到聖安東尼奧的郵輪碼頭 (車程要 1 個多小時)。下午我們會乘坐 Holland America 郵輪旗下的 Ms Zanndam 向著南極作 22 天的海上航行遊。

南美洲

在郵輪上觀看的聖安東尼澳港口貨櫃碼頭

第十三站 蒙得港 Puerto Montt

☆冷艷的奧蘇武火山下的里安基于湖☆

聖安東尼奧貨櫃碼頭上搭建的郵輪上落登記處

12 月 15 日中午我們在聖安東尼奧旅遊巴士尾站下車,郵輪碼頭的接待員確認我們是要坐當日航往南極的荷美郵輪後,便引領我們坐上駛往郵輪碼頭大樓的免費小巴,車行約 5 分鐘,便到達一座臨時搭建在貨櫃碼頭上的建築物。此臨時搭建物是因為我們的郵輪本應停泊在瓦爾柏來索 Valparaiso 港口的,但因當地的郵輪碼頭有改建工程,所以短期內所有的郵輪客人都會改在聖安東尼澳港口上落。這港口本用作上落貨櫃之用,但為了方便和顧全郵輪客人登記上落郵船時的安全,所以搭建一座有基本設備的大樓。

此建築物內有免費 WiFi 提供,很多客人和船員都在此發放信息給家人和朋友報平安。

郵輪在下午四時開航往南極方向航行。我們今次的航程其中一站,

蒙得港港口碼頭區　　　　蒙得港 Puerto Montt 的小碼頭

是會在南極半島作海上巡航四天，但不會深入或登陸南極島上。荷美郵輪的 Ms Zaandam 是唯一的一條船，每年由十二月至翌年的二月間，有三次到南極半島巡航的特許權。南極半島巡遊每年是有限制的，聽說是了為保護那裏的生態環境。其他深入南極探索或登陸的旅遊，就要到智利最南的港口蓬特亞雷納斯港或南美盡頭阿根廷境內的烏斯懷亞港，乘搭專事駛往南極的探險船。我們因害怕寒冷和極端氣候變化，所以選擇了在郵輪上輕鬆舒適的欣賞南極半島算了。

　　郵輪 22 天航程，海景房的船費＋稅金＋碼頭費＋船上小費合共 HKD42,000/ 人。每年每次郵輪公司出航南極半島的船費都會調整，所以不能作準。

　　郵輪離開聖安東尼奧港口後，在海上航行一天，便到達航程中的第一站智利的蒙得港 Puerto Montt。

　　蒙得港是智利發展最快速的城市，主要經濟是農業，林業和

冷艷的奧蘇武火山和里安基于湖

漁業。它的位置在安東尼奧港以南，面向南太平洋。這小鎮的隣近有個美麗的旅遊和休閒勝地蓬桃華利亞斯小鎮 Puerto Varas。

　　早上郵輪到達 Puerto Montt 港口的水域，我們要乘坐船上的救生小艇離開郵輪，向着 Puerto Montt 岸邊的小碼頭駛去。因船公司安排每次加入服務的救生小艇祇可是全船的半數，而想登岸遊玩的旅客又多，排隊需時，上岸時已差不多是早上十時了。匆匆的，我們乘車到蓬桃華利亞斯小鎮 Puerto Varas，到那裏感受這個湖光山色，遠眺奧蘇武火山 Osomo Volcano 的休閒勝地。

蓬桃華利亞斯 Puerto Varas

蓬桃華利亞斯和也安基于湖

這個小鎮是沿著里安基于湖 Llanguihue Lake 的一角建成，鎮上有教堂，有博物館，食館和販賣紀念品的商店，湖上的碼頭有小船可載客人遊湖，遊湖一圈 $5500CLP(智利披索)/ 人。湖邊有個紀念花圍，繁花處處，還有遠處白雪蓋頂的奧蘇武火山，和反映在湖面上的倒影，冷艷中繞著柔情似的湖水，美麗得令人心動。沿著湖邊建有很多度假酒店，我們在那裡享受了一頓午餐後，便乘小巴（約 20 分鐘，車費 $150CLP/ 人），往湖另一面的沙灘小鎮夫提也爾巴荷沙灘 Frutillar Bajo 遊玩。

夫提也爾巴荷沙灘 Frutillar Bajo

夫 提 也 爾 巴 荷 沙 灘
Frutillar Bajo 小 鎮 比
Puerto Varas 有着截然
不同的景色和氣氛，那裡
有條長長的行人木橋伸向
湖中，水清沙幼，湖面泛
著柔柔的漣漪，襯着遠處
白雪暟暟的 Osomo 火山
巔峯，聽着湖水泊岸的低

伸向湖中的行人木橋

吟，再看看岸邊沿湖興建的彩色小屋前的玫瑰，仰望寧靜親切的小教
堂，那種感覺如同到了歐洲寧靜的小鎮。

在 Frutillar Bajo 沙灘上看遠處的 Osomo 火山

遊完 Frutillar Bajo，已
是下午三時多了，郵輪五時啟
航，要匆匆趕上車回碼頭登上
小艇再回歸郵輪了。我們其實
想留點時間在 Puerto Montt
逛逛，但都不成，有着小小的
遺憾，但魚與熊掌，焉可兼
得？！

第十四站 奇洛埃島上的卡斯特羅
Castro isla de Chiloe
☆名列 UNESCO 的木教堂和七彩高腳小屋☆

小艇就在此碼頭上落客

郵輪駛離 Puerto Montt 的第二天，12 月 18 日早上，就停泊在奇洛埃島外與智利大陸相望之間的水域，船公司安排了船上備用的救生艇，接載我們到岸邊的小碼頭，乘車或徒步到卡斯特羅小鎮中心遊玩。由小碼頭到鎮中心地區祇需數分鐘，可以徒步上一段樓梯或斜路，或乘坐的士。

卡斯特羅市中心

奇洛埃島 Isla de La Chiloe 是智利第二大島，僅次於 Terra del Fuego 火地島，但火地島因是與阿根廷共同擁有，所以嚴格來說，奇洛埃島才是智利最大島，它位於 Puerto Montt 南部，北隔查考海峽與大陸相望。島上的卡斯特羅 Castro 市是島上最繁榮的小鎮，有很多海濱村莊和建在水上的木建七彩長腳屋，還有已納入世界文化遺產 UNESCO 的 16 座全木建教堂。

　　到達卡斯特羅市中心，我們第一時間找到那裏的小巴總站，準備乘車到特爾查于 Dalcahue 小鎮，一睹名列世界文化遺產的木建小教堂 Iglesia de Nuestra Senora de Los Dolores de Dalcahue 特查于多奴萊斯聖女教堂。小巴車費 $80CLP，車程 35 分鐘。

特爾查于多奴萊斯聖女教堂
Iglesia de Nuestra Senora de Los Dolores de Dalcahue

南美洲

　　特爾查于多奴萊斯聖女教堂是所全木建成的天主教堂。建造時天花、牆壁、柱樑全以木制作，沒有用過一粒鐵釘。它是在在十九世紀後期在原是 Jesuit missionary chapel 的舊址上建造。裡面莊嚴肅木，教堂後有個小小的博物館，介紹這教堂的歷史和營造方案。進入教堂時有個小小的錢箱，呼籲來參觀的遊客奉獻最小 € 1 歐元。在教堂外是當地的武器廣場。

特爾查于多奴萊斯聖女教堂和門外的武器廣場

　　在南美洲旅行，每個地方都會有個或大或小的武器廣場。聽說是侵略者征服當地後用以震懾當地人民的一個廣場。

教堂後的博物館

特爾查于小鎮 Dalcahue

從木教堂外的武器廣場再向海邊走去，是海民捕魚後回歸的碼頭。再向前走，有個專賣紀念品和手工藝品的大市場。再往前走，是個新建的特爾查于 Dalcahue 小鎮休憩廣場，廣場上的擺放和藝術品，也令人謀殺不少菲林。這廣場上還有個小小的旅遊中心。

專賣紀念品和手工藝品的大市場

我們閒逛了片刻，便坐小巴回到 Castro 市中心去了，因在 Castro 市內也有很多值得遊的地方呢。

Dalcahue 小鎮休閒廣場

卡斯特羅 Castro 市中心

卡斯特羅 Castro 市中是奇洛埃島的經濟和商業中心。市內人口眾多，有很多商店和旅館。市內有所著名的大教堂 Iglesia San Francisco de Castro。

聖方濟各大教堂 Iglesia San Francisco de Castro

這大教堂是 Castro 最著名的木造天主教堂，也列入 UNESCO 名冊內。內裏的裝飾，明顯的比剛才 Dalchahue 的木教堂大和華麗，祈禱的信眾也多。門外的武器廣場除了有休憩的空間外，還擺放了很多販賣紀念品的攤擋。

南美洲

聖方濟各大教堂

聖方濟各大教堂內的木柱樑和天花

Castro 的海邊七彩高腳小屋

武器廣場外圍有郵局，酒店和銀行。沿着武器廣場的 Banco Encalada 大道向海邊方向走約 10 分鐘，你就可見到很多明信件上攝影到的七彩高腳小屋，在對面海邊高低有緻的排列著。這些小屋原來是漁民們簡陋的居所，他們用油漆船殼用剩下來的漆油粉飾自己的小屋外牆，久而久之，就成了一羣五彩繽紛，吸引攝影機鏡頭的可愛房子了。人的創意，有時會在不經不覺間就成就了。

　　瘋狂的拍攝這美景後後，看看手錶，又是要乘小艇回歸郵輪享用晚餐的時候了。乘小艇的小碼頭擠滿了排隊返回郵輪的客人，也聚集了一羣可愛的飛鳥，大家都興盡而返呢！

海邊七彩高腳小屋

在碼頭旁聚集的飛鳥

第十五站 蓬特查卡布科 Puerto Chacabuco

☆巴塔哥尼亞山腳下寧靜，純樸的小鎮☆

從郵輪上遠看的蓬特查卡布科 Puerto Chacabuco

南美洲

郵輪離開 Castro 後，繼續向南航行，天氣也越來越冷。12 月 19 日早上，我們到達蓬特查卡布科 Puerto Chacabuco，它是智利中部沿海的一個小城。1817 年獨立運動的戰爭中，此地的戰役是決定性的一環。

山坡上的度假小旅館

郵輪早上停泊在這小城對出的海面上，我們乘郵輪上的救生小艇到達岸邊的小碼頭。碼頭是一座有暖氣供應的小房子，內裏有旅客咨詢中心，有免費 WiFi，很多旅客都在此發放訊息給親友，因跟著的數天，郵輪會在智利海上的冰川間航行，我們將會留在船上過沒有 WiFi 的日子四天。(郵輪上的 WiFi 收費很貴，很多旅客都會留在上岸的碼頭或咖啡室上 WiFi)

蓬特查卡布科這小城，明顯的，相比之前兩站的小城 Puerto Monett 和 Castro，這裏是落後和純樸多了。沒有繁忙的街道，也沒有七彩繽紛的小屋，只有寧靜的小海灣和疏疏落落的小平房，最為像樣的建築物，就是山坡上的度假小旅館了。

疏疏落落的小平房

碼頭的旅客咨詢中心

我們走出小碼頭後，就有數個會說英語的學生與我們打招呼，招攬我們參加當地的旅行團。環顧一週，原來這裏的的士很少，很快的已被早登岸的自由旅客僱用了，我們只可參加一隊小型的巴士團。一共八個人，每人需付 USD40 美元，帶你遊幾個景點。

司機是個地道的智利男人，不懂說英語，他載著我們沿著巴塔哥尼亞 Patagonia 山腳下的一條公路向前行駛。

處女瀑布 La Virgen

第一個景點就是處女瀑布 La Virgen。

處女瀑布又叫姊妹瀑布，是因瀑布有上下二條，清幽素雅，柔柔的流動著，旁邊供奉有聖母瑪利亞的聖像。

南美洲

處女瀑布 La Virgen

三森河流國家保護區 Reserva Nacional Rio Simpson

三森河 Rio Simpson

這個保護區有所大樓，裏面有和善的工作人員和無數的圖片，介紹了很多這保護區內的三森河和動植物花草等。我走出大樓外四處看看，這裏的環境清幽美麗，清清的三森河水潺潺的流動着，孕育着兩旁無數的鮮花和樹木。沿河走去，又看到轉角處滾動的激流，濺起無數的浪珠，身在其中，簡直就忘了在人間。

三森河邊的鮮花

回程中，我們經過韋韋安娜橋 Puente Viviana 和依班那茲總統橋 Puente Presidente Ibanez 到達阿珊地喇打海灘 Bahia Acantilada。

依班那茲總統橋下的亞耶仙河 Rio Aysen

阿珊地喇打海灘 Bahia Acantilada

這海灘寧靜和諧，遠處的羣山倒影在平靜的海面上，天籟寂寂，海灘上祇有我們團的數人，每個人都不想說話，怕談話的聲浪會劃破這寧靜的空間。

司機要我們回程了，因他有責任令我們不遲到，郵輪於下午五時起航，我們還要排隊乘小艇回歸郵輪呢！

阿珊地拉打海灘

智利峽灣巡遊 Chilean Fjords
☆像阿拉斯加蛋糕奶油層的冰川☆

12月20日，開始二天智利海上峽灣巡遊。

PUNTA ARENAS PORT INFO
• Terminal **Mardones**- "Crucero"
• Docked ~3mi/5km from town center
• Not allowed to walk in the port area
• Mini-bus to the town center - $3USD each way (drop-off at Plaza Munoz Gamera)
• Taxis are $10USD flat rate, or choose meter ($9-12USD
• Free shuttle to Duty Free Mall (not close to town)
• WIFI - food court in the mall, cafes with purchase
• Fruits, produce and fresh food are not allowed off the ship in any Chilean port!
2017/2/20
Information

郵輪安排的專題講座內容

這艘航往南極半島的 HollandAmerica Zaadam 郵輪，在海上不泊岸的日子，每天早上都會安排專題講座，多數是講述將會到達地點或停泊的港口，它們的風土人情，值得遊覽的景點，旅遊咨訊，如貨幣的兌換價，交通運輸安排等等，有時更會講述當地的歷史進程，地理環境變遷，當地動植物生態等等，猶如在海上學府上，上了一段精彩的短期課程，這使我在這個海上旅程中獲益良多。

我從不走堂，因邀請在郵輪上講座的講者，多是在其專題講座的範疇內有著崇高的專門研究成果和心得，有些講者更是在其專業範圍內已有極高的聲譽，如某大學的教授，或認受性很高的博士專材人員等等。

郵輪越南下航行，天氣就越來越凍。郵輪在智利無數的峽灣中航行，我們看到很多由羣山山谷間傾瀉下來的瀑布，有大有小，有長有短，有迂迴曲折，有筆直清流，瀑布流水落下海中時各有韻味，很有詩意。郵輪繼續往南下，中午時分，我們到達譚班羅斯冰川 Glacier Tempanos。

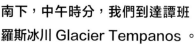

山谷間傾瀉下來的瀑布

譚班羅斯冰川 Glacier Tempanos

冰川，對地質學家來說，是在地殼上最快雕刻出山谷和峽灣的藝術家，它只需用數千年的時間，就會在地球表面上，刻劃出一幅新的地理圖案來。現今全球暖化，有些冰川正在加速融化，科學家已時常提醒我

遠看譚班羅斯冰川

們要保護地球，減少炭排放，盡可能減慢冰川融化的速度，以免加速這地球冰川藝術家的滅亡。

譚班羅斯冰川 Glacier Tempanos 在我們眼前出現時，我們被它的宏偉和美麗攝服了。它蔚藍通透的晶體，有些被一層灰白的冰雪包裹著，有些則被一些黑線刻劃分開了，構成一幅像上帝隨意在畫布劃上的天然美景，又像我們最愛吃的甜品阿拉斯加蛋糕的奶油層。哈！實在太美妙了。

近看譚班羅斯冰川

人們最愛看的動態畫面，竟是冰柱由冰川體溶解後，跌落靜靜海面上而激起無數浪花的場景，有些人還在歡呼呢！真矛盾，我們不是想冰川慢些溶解嗎？！

冰柱由冰川體溶解後跌落靜靜海面上的情景

走上郵輪的最頂層，可以看到冰川部份頂部。灰白黑色的冰層，夾雜著的是山谷中沖下來的沙石，偶然看到蔚藍的晶體在其中，又是另一畫面。

郵輪在此峽灣中慢慢地 360 度打轉，讓船頭船尾上所有的客人都可一睹冰川風采。

郵輪在此停留二個小時後，又繼續它的航程了。

由 12 月 20 日至 21 日，郵輪都是在峽灣、冰川和智利境內南北縱向的沙爾文安徒水上通道 Channel Sarmiento 間向南航行。看到的山峯雪嶺也越來越多。智利境內，上帝在巴塔哥尼亞 Patagonia 山羣上雕琢出不同形狀的山峯，起落有緻，有圓角，有銳角，有純角，有等邊角，有斜邊角，各適其適，任君選擇喜愛的去取景。呀！你有注意到專賣行山用品的名店「Patagonia」的標籤嗎？他們用的羣山巔峰標籤，就是取材這裏的真實景觀。

沙爾文安徒水道 Channel Sarmiento

在智利南部大陸對開，與接近南太平洋羣島中間的一條由北至南的水道，就是沙爾文安徒水道，這水道被羣島阻隔了南太平洋的風雨，所以郵輪在此中航行，風平浪靜，我們可以舒閒的享受船上節目，美食和航行中兩旁的風景。水道名之由來是紀念西班牙航海探險家 Pedro Sarmiento de Gamboa 在 1579 年至 1580 年間航行時發現的。由此水道再向南航行，就是 Strait Magallanes 麥哲倫海峽了。12 月 21 日晚，我們會駛入麥哲倫海峽。明天一早就會到達 Punta Arenas 蓬特阿雲立斯港了。

郵輪在沙爾文安徒水道航行

沙爾文安徒水道兩旁的羣山雪嶺

第十六站 蓬特亞雷納斯港
Punta Arenas

☆如恐龍，在地球上絕了種的火地島原居民☆

蓬特亞雷納斯港是智利最南的一個港口城市，是智利巴塔哥利亞地區最大的城市，也是在麥哲倫海峽西面的一個重要港口。它的南面是火地島 Tierra del Fuego，中間隔著麥哲倫海峽，在未有巴拿馬運河之前，Punta Arenas 是船隻經麥哲倫海峽由大西洋到太平洋，或太平洋到大西洋彼岸的重要加煤站，（現在叫加油站，以前船隻是燒煤作動力的。）也是貨物由東半球運

東歐風格的建築物

南美洲

到西半球的重要港口。現在它仍是南半球東西走向的重要轉運港口，所以這裏雖然寒冷，它仍是個十分繁榮的港口城市。

人民以東歐的克羅地亞人種居多，可能是當年蘇共時期移民到來此處生活吧。舊的大型建築物都有點像東歐風格的建築。

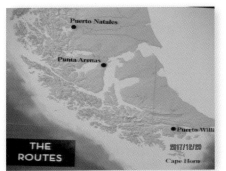

蓬特亞雷納斯港的地理位置

破冰船

蓬特亞雷納斯港離南極祇有 1400 餘公里，很多人從智利前往南極，就是從這裡出發，郵輪在進入麥哲倫海峽時，我們就看見一艘破冰船在向着南極方航行，想必是載了一批南極探險者或旅行家吧。

我們郵輪早上泊岸，碼頭位在市中心附近，但有阻障物分隔，要步行一段很長很迂迴的路才可到達市中心，所以乘車比較方便舒服，有專綫小巴載客到市中心 Plaza Munos Gamero 廣場，車費 USD3 美元 / 人。

穆 諾 斯 加 梅 奧 Plaza Munos Gamero 廣場

穆諾斯加梅奧廣場是蓬特亞雷納斯港的市中心，是個紀念殖民時期的歷史廣場，廣場的命名是以當年的城市總督 Benjamin Munoz Gamero 為名。廣場中央佇立著航海探險家麥哲倫的銅像紀念碑，他腳下奴隸的腳趾被遊人認為是幸運標誌，已摸到光滑發出金光來了，有些人甚至親吻他呢！

紀念碑的後面有棟小房子，是旅遊咨詢中心。旅遊咨詢中心後面是 Punta Arenas 的市政府

麥哲倫銅像紀念碑

大樓。廣場四週大部分都是當年殖民時期的建築物，有部分是現政府的辦公廳 Palacios de Goblemo de Magallanes – Intendencio，它的鄰居是蓬特亞雷納斯天主教堂 Catedral de Punta Arenas，教堂對面是智利南極學院 Instituto Antarctic Chileno。我們走進了這學院看看，裏面的人很友善，向我們介紹這學院是專門研究南極各方面，如地理，地質和動植物生態的組織。

5 月 21 日大道 21de Mayo 是在南極學院的旁邊，從這條大道往南走，就可看見保爾納道奧依金斯 Bernardo O' Higgins 的紀念碑，在這紀念像作 90 度轉角出碼頭處，就可看到一個歷史悠久的古老街鍾，從這街鐘再向海望，這是我們郵輪泊岸的碼頭，可惜此處已被鐵欄柵封了。

旅遊咨詢中心

現政府辦公廳

保爾納道奧依金斯紀念碑

南美洲

歷史悠久的古老街鐘後面是郵輪碼頭

我們沿著海邊向着市中心廣場方向走，看見一棟新近落成的酒店，再向前行，海旁邊有很多海事設備的擺放。再向前行，就是 Antiquo Mueller de Pasajeros，一個廢棄了的海上乘客碼頭。這個廢棄碼頭現在已成了當地雀鳥的棲息之所了。

雀鳥棲息在廢棄的碼頭上

沙拉斯安奴區域博物館
Museo Regional Salesiano Maggiorino Borgatello

此博物館在總統大道 Avenida President Manuel Bulnes 的北面，是個十分值得一看的博物館，要收入場費 USD10/ 人。裏面收藏了很多 Punta Arenas 和火地島 Tierra del Fuego 的物件和民族的歷史進情。

火地島原住民

火地島 Tierra del Fuego

火地島是地球上（除了南極）最南的一個島嶼，它的命名是因當年航海探險家麥哲倫在海上航行時看見遠處陸地有火光，登陸上岸後就命此地為「煙地」，後改叫「火地島」。後來歐洲人到達當地發展，當時歐洲人發現了大約一萬名原住民。五十年後，因麻疹，天花等傳染病從歐洲人傳播至當地，和當地人與歐洲人的文化差異而被捕殺等等原因，原住民的人口急跌至約 350 人。最後一個原住民血統的人亦於 1980 年代死亡。現世界上已找不到火地島的原住民了。

火地島原住民

博物館內展出了很多火地島原住民的歷史圖片，他們生活在嚴寒天氣下，赤腳步行是常態。再冷的冬天也只在身上披上羊駝皮。他們的衣服，其實不可以叫衣服，是蔽體的東西，有用獸皮，如羊駝皮，蛇皮造的，有用木桶造的，有些更什麼都沒有，祇在身上塗上樹油漆等，千奇百怪。他們也沒有居所，去到那裡，住到那裡，有時住在樹洞內，有時住在用幾枝木杆支起的獸皮內，

火地島原住民的衣服

火地島原住民衣不蔽體

又或住在覆轉了的舊獨木舟內，是個落後得如完全與世隔絕的民族。歐洲人入侵當地後，像南美其他地區的原居民一樣，他們被奴役，被欺壓驅逐，被殺害，甚至當怪物般運回歐洲國家被研究為何身體不需穿衣也可抵禦零下二，三十度的低溫。終於，現今世界，火地島的原住民，好像恐龍一樣，在這世界上消失了！

博物館的門外，是個綠草坪，草坪上也有座威風凜凜騎著馬的將軍紀念碑。嘿！勝者為王，敗者為寇。人權？什麼來的？沒有抵禦力，那裡來的人權？

離開博物館，沿著總統大道 Avenida President Manuel 返回中心廣場方向走，兩旁商店林立，行人熙來攘往，好不熱鬧，商店櫥窗掛滿了迎接聖誕節的裝飾。我們走到了基斯杜布哥倫大道 Avenida Cristobal Colon 的交界處便右拐上斜路上山，行走約 15 分鐘（因上斜路，較費力），我們便到達山頂區。上山頂區的目的，就是從這裡向山下海邊遼望，整條麥哲倫海峽盡收眼底。

在山上往下望的麥哲倫海峽

從山上下來，我們經過一所智利國家進駐南極監察站的後勤部隊總部，我們傻傻的走了進去，裏面的軍人很友善，沒有趕我們走，還細心的介紹了他們在南極的工作。如我在之前說，南美人對我們中國人是很友善的。

眨眼間，又是要回郵輪的時間了。我們坐專綫小巴回郵輪碼頭。這又有個小插曲，讓我體驗了人性的另一面，話說回程的小巴也是 USD3/人。我們到達郵輪後下車，其中有一對歐洲的郵輪客，沒有給車資就忽忽上船，小巴司機是個不懂英語的智利人，眼巴巴的看著他們走數也不懂出聲。其實，不要以為外國的郵輪客，都是非富則貴，郵輪上也如任何地方一樣，有好人，有壞人，也有貪心人，什麼類型都有，一切要自己小心為上。

智利國家南極監察站後勤部隊總部

總部內的軍人細心地介紹他們在南極的工作

南美洲

在市中心附近的郵輪碼頭

第十七站 烏斯懷亞 Ushuaia

☆攜手於世界盡頭☆

遠看的烏斯懷亞市

「世界盡頭」是烏斯懷亞普遍被人接納的一個別名。位處南美阿根廷最南部的一個城市，也是最近南極的一處普通人可以居住的地方。很多想到南極探險，攝影，或感受一下極地生存的旅遊探險者，都會選擇從這裏出發，因這裏是世界盡頭的城市，離南極最近，祇有800公里。在南極作科研探索的科學家，也是在這裏補充到南極的燃料和應用物品。在烏斯懷亞你可以找到很多到南極的旅行團或往返南極的專船。

烏斯懷亞，在我心中是個極度寒冷的城市，但郵輪泊岸後，使我感覺到這小鎮是個寒冷之中帶著溫暖陽光的地方，充滿活力又有生氣。從郵輪上專題講座的講師得知，原來烏斯懷亞是阿根廷除了布宜諾斯艾利斯之外，最有經濟活力和發展潛力的城市之一，它是阿根廷最南部的港口，貨物

溫暖陽光下的烏斯懷亞市

從南東半球運送到南西半球，從
南大西洋運到南太平洋的重
要轉運港。它的工業，
農業和漁業也很發達，
每年就有很多從國外
運到烏斯懷亞的電子
產品組件，到這裡作
最後的裝嵌，如電視機
等。南極的旅遊事業發展
更令這裡的經濟越發蓬勃，
再加上阿根廷政府對它特別的優

Cockburn Channel 的山景雪嶺

南美洲

惠，這裡是個沒有稅收的城市，所以每年吸
引了很多從世界各地到這裡工作的年青人。這裡的各行各業就業率很
高，我們在街上就碰到很多是從事各種服務業工作的不同國籍的年青
人。

阿根廷的領航船

12 月 23 日
早上，郵輪向着阿
根廷的烏斯懷亞前
進，城市的影像還
未映入眼簾之前，
郵輪在 Cockburn
Channel 水 道 通
過，兩旁的山景雪
嶺已令人讚嘆造物
者的鬼斧神功。那

雪白無暇的雪峯，襯着墨綠色的山體，那種樸實與飄逸同體的強烈對
比，令人神往。我們的攝影機，也忍不住在不停的拍攝。啊！實在太
美妙了！

亞爾拔吐特亞哥斯天尼國家公園的冰川

途中亞爾拔吐特亞哥斯天尼國家公園 Alberto de Agostini National Park，的自然冰川 Natural glacier 當然也令攝影的朋友忙得不亦樂乎喇！

郵輪駛入比亞喜利水道 BeagleChannel 水道不久，我們就看到阿根廷的領航船在等著。我們也期待著快點到達烏斯懷亞市啊！

郵輪在下午二時，到達阿根廷的烏斯懷亞市中心對出的碼頭。我們辦理入境過關後，便走出碼頭，走過長橋出了關閘後，就是烏斯懷亞市的旅遊咨詢中心了。

國家公園火地島立怕泰依亞海灣的牌子

我們第一計劃要到的地方是名為「世界路的盡頭 The End of the Road」的景點，是要浪漫一番，與自己的摯愛攜手到世界盡頭，哈哈！人生到此有何求？坐小巴，包來回 USD50/人，另加公園入場費 USD25/人。

世界路的盡頭 The End of the Road

攜手在世界路的盡頭

「世界路的盡頭」是在火地島國家公園內，車程約一小時。到達時是個空曠的停車場，有個大大的牌子用西班牙文寫着國家公園火地島立帕泰依亞海灣 Parque Nacional Tierre del Fuego BAHIA LAPATAIA。我們下車後要走一段架在泥濘上的小木橋，到達橋的盡頭就是了，其實在橋頭分义處有段小山路，有人喜歡走這小山路，也是到世界路的盡頭，祇是從這海灣的另一邊往外看。在這路的盡頭拍了很多照片，也看到一隊年青人的獨木舟隊從水路扒過來。阿根廷人也真懂做生意，其實這裏望到的，也不外是遠山近水，卻令我們興奮莫名，浪漫一番。我們在這裡停留片刻，便坐同一車隊公司的另一輛小巴回市中心去了。

關了門的博物館

到達市中心，很想參觀這裡的博物館，以為可以在這裡看到更多關於火地島的資料，不過很失望，這個博物館關門了，雖然我們到達的時間是它的開放時段，又沒有任何指示博物館關閉標示，此館的門就是關上了？！

聖馬田大道
Avenida San Martin

從碼頭向山上走一段小斜路，就是烏斯懷亞市最熱鬧繁榮的聖馬田大道 Avenida San Martin。這大道不算寬闊，但在大道兩旁的商店食肆則熱鬧非常。我們就在大道旁的食店外，被推銷烏斯懷亞最著名好吃的黃帝蟹，不過因離最後登船的時間還不到兩小時，要賣要吃，實在太忽忙了，所以還是拍了照就離開了。

聖馬田大道其中一段

烏斯懷亞的黃帝蟹

食店的對面馬路，是阿根廷最南的郵局 Correo Agentino，郵局外牆的圖畫畫出了當年火地島原居民被捕殺時的驚恐逃亡景像，令人心酸！

根廷最南的郵局 Correo Agentino

USHUAIA fin del mundo 世界盡頭

準備登船前，在碼頭旁的海邊走走。這裏也是個不錯的休閒處，飛鳥在海面找尋它們的美食，遊人游閒的坐着看海，此處最熱鬧的景點，則是擺放在碼頭旁的牌扁，寫着「USHUAIA fin del mundo 烏斯懷亞世界盡頭」，很多人在這裏排隊等拍照，要交差嘛！哈哈…

烏斯懷亞碼頭旁的海邊

晚上八時，郵輪開航了，目的地是海上巡遊南極半島。

「烏斯懷亞世界盡頭」的牌扁

第十八站 南極半島 Antarctica Peninsula

☆別被固有的認知，窒礙了認識世界的空間☆

駛越合恩角 Cape Horn 穿越德雷克海峽 Drake Passage 到達南極半島 Antarctica Peninsula

立在南美洲最南端紀念犧牲海員的信天翁紀念鐵牌（這牌分開兩邊，聽說是分別指向南太平洋和南大西洋）

坐在船內往外看風雨交加和海上的波濤

合恩角 Cape Horn

合恩角，有人稱之為「海上墳場」，因它位於南美洲最南端，隔著德雷克海峽與南極相望，是世界上最惡劣的海上航道。有些朋友不敢坐船到南極，就是因為它的惡名遠播，那裏的風暴異常，海浪凶湧，在船上不是嘔死都會暈船浪死。

是的，我們離開烏斯懷亞後，第二天就準備駛過合恩角，穿越德雷克海峽。那天的天氣異常惡劣，郵輪駛近合恩角的邊沿，還未出合恩角，已看到海面上的波濤頂有白浪，風雨交加。可幸的，這艘船的船長，是個很有航海經驗的舵手，聽說他領導這條郵船航使經過這海峽，已有十年以上經驗，每年三次，超過三十次的航行

經歷了，所以這天 12 月 24 日，我們的郵輪並沒有離開南美洲的南端，它祇在最南端的幾個島嶼內慢行打轉。船在慢行中沒有那麼搖晃，再加上在羣島遮擋保護下的海域中航行，海浪也不算大。當時船上的廣播通知，在羣島外圍，即合恩角的位置，有大風暴正在肆虐，海浪最高達十四米。郵輪為了避風，所以躲在羣島中巡行。我曾問外子（他年青時是船上的

在船上渡過平安夜

工程師）為什麼船不停下來而要浪費能源不停地慢駛呢？他道，船要慢行，才有動力釋出電能，供應全船的電，有電才可維持船上的各項活動，而且慢行最慳油，船身也較穩定。哦！明白了。

那天，12 月 24 日，郵輪在南美洲合恩角海的羣島內巡遊，晚上，還安排了我們渡過一個既愉快又平安的聖誕平安夜！

橫越德雷克海峽 Drake Passage

第二天，風暴好像走了，風速和海浪看來也平靜了，我們的郵輪全速向着南極進發。船身有點搖晃，但是是可以接受的程度。我坐在船頂層的海景自助餐廳上與其他乘客聊天。本以為這段駛經合恩角，橫越德雷克海峽的海程，必要食暈浪丸或躺在床上休息！但這次在英明和有經驗的船長領航下，我們是如此寫意的渡過。

南美洲

談談這艘船的乘客，與我們剛坐完的 Costa Fascinosa 郵輪上的乘客是折然不同的兩個世界的人。Costa Fascinosa 的乘客，大部分是單純，熱情，友善，說西班牙語或意大利語的普羅大眾，他們懂英語的很少。

浮在海面的冰山

Holland America Ms Zaandam 的乘客，多來自歐美各國，有大學教授，教師，工程師，航海家等等，多是高學歷的人仕。華人也不少，但多來自歐美加移民，澳洲，新西蘭移民，或直接從中國大陸來的中國人等，在船上就只有我們和一對姊妹花來自香港。我們在船上多以英語溝通。

坐在餐廳內往外看

與歐美人閒聊，他們最有興趣的話題都是圍繞著香港回歸後的發展。不過，他們對香港現時真實的情況，不甚了解，很多都是停留在偏頗的歐美媒體報道下。其中有個時常拿著書本到處翻看的老者更問，我們香港的中國人婚姻，是否還是由父母安排？因他在美國兩年前看過尊龍的一套電影，講述香港人被父母安排嫁到美國去。哈！我答他這是中國一百年前的往事了，我父母現年 96 歲，七十多年前，他們的婚姻已是自由戀愛結合，我的婚姻在四十多年前的當年，也是自由戀愛結合，他的訊息已不合時宜，仍停留在小說和電影故事中。他以懷疑，不信任的眼光看著我，我請他有機會到香港或中國大陸走走，看看現在東方的改變。人，有時會被書本，小說，或固有的認知，窒礙了認識世界的空間。自由行

旅遊，就是讓我們真正開放眼光，體驗別國真實的民生，不會人云亦云。

談談，笑笑，吃吃，玩玩，跳跳舞。呀！我們看到浮在海面上的冰山了，這是進入南極半島的前哨海面。冰山浮在海面的體積，是總體積的 30%（郵輪上講座的資訊），所以輪船在它的附近遊行，其實是很危險的，但現在海上航行，有科技幫忙，比從前安全多了。

冰山越來越多，天氣也越來越冷，雪鳥也越來越多圍繞著我們的郵輪覓食。郵輪航行時翻起的浪花，也翻起了在海中游戈的魚羣，所以海鳥總喜歡跟著輪船走。我們躲在船的餐廳內往外望，享受這清冷平靜的冰海水面和雪白小鳥的活潑飛翔。

南極半島 Antarctica Peninsula

漸漸的，海面的小浮冰也越來越多，南極半島漸入眼簾。白雪皚皚，開始分不出是山體還是冰層。

海面上的小浮冰

南極半島是南極洲唯一一條小小尾巴伸出南極圈，向着南美洲招手的地方。跟據在郵輪上講座的地理教授說，南極洲是在億億萬年前由南美洲分裂出來，由於地球的轉動，水流的沖擊和地殼變動，南極洲與北面的南美洲被沖激開，漸離漸遠，衹剩下南極半島的一小段仍然欲斷還斷的向南美洲黏連。

南極洲大部分區域都在南極圈內，四週被南冰洋環繞，是世上第五大洲。除了南極半島最北端的部分區域之外，有 98% 的地方都被厚度平均為 1.9 公里的冰層白雪覆蓋。

白雪皚皚的南極半島

郵輪上也有介紹南極洲生態環境的講座，由專題研究南極洲動植物生長的教授主講。根據他說，南極洲因天氣極度寒冷，乾燥和多風，且變幻莫測，是個不適合人類和大多數動物居住的地方，它的本地物種也祇有藻類，細菌，真菌和苔蘚等，動物則是一些可以適應寒冷環境如企鵝，海豹，鯨魚，線蟲和蟎等。南極洲上沒有永久居民，祇有各國的科研人員。我們郵輪就邀請了美國駐南極洲監測站的科研人員，上船給我們上了一課「生活在南極洲的苦與樂」。

南極洲不屬於任可一國。1952 年，12 個國家簽署了《南極條約》，隨後又有 38 個國家簽署。該條約意在支持科學研究及保護南極生物地理分佈區，並禁止在南極洲進行一切軍事活動，核試及處理核廢料等等。

天朗氣清的南極半島

2016 年，已有 135 座分屬世界各地的常設科學考察站，我們中國也在南極洲設有科研考察站呢。

12 月 26 日至 29 日四天，郵輪都會在南極半島包括深入南極圈內的部分，（郵輪頒發證書給每個在郵輪上的乘客，證明我們曾越南極圈）和它附近的小島羣中巡遊，冰山環繞，水平如鏡，但突然間會大雪紛飛，寒冷異常。

突然大雪紛飛寒冷異常

船上突然一陣哄動，原來是看到一羣企鵝在冰山上聚集，船上的長短相機鏡頭正在忙得不亦樂乎時，冰山上的企鵝已一隻一隻的跳入冰海中覓食，消失於鏡頭中了。又突然一陣騷亂，哈，又有人發現鯨踪，趕忙對焦，咔嚓一声，回片看看，還好，剛捕捉到鯨魚的 T 型魚尾落水的一剎那，哈哈，滿足了！人的快樂，有時真的很簡單，祈望看到的，能看到了，就是快樂。

冰山上聚集一羣企鵝

黃昏的時段，是最多鯨魚出沒的時候，看得多了，剛才的興奮也漸漸平靜下來。突然間，聽到一陣企鵝叫聲和乘客的起哄聲，啊！原

看到鯨魚的 T 型魚尾嗎

南美洲

來有隻企鵝游近我們的船邊呱呱叫，另外的一隻在較遠處也在呱呱叫，他好像是叫游近我們的那頭企鵝快快游走，免生危險，果然，正想舉機拍攝，那頭游近的企鵝已游走到無影無蹤了。

12月27日早上，進駐在南極洲科研處的美國科研人員上船，給我們上了一堂南極生活的苦與樂。郵輪上其中一名乘客，原來是其中一名在南極工作的科研人員的媽媽，特意隨船前來探望女兒。講台上立時多了份無限的溫馨感。

南極的科研人員返回他們的監測站

進駐南極洲科研處的美國科研人員，通常要簽兩年工作合同，這兩年要住在南極洲的科研中心內工作和生活，一切的食住和生活所需，由中心供應，中心內亦有娛樂設施。他們每年有二個月的假期，由直升機載到最近的烏斯懷亞市再轉機回國或到別處渡假，但工作期內的兩年，就要忍受南極洲的極端生活環境。夏天長日，沒有黑夜，冬天長夜，沒有白天。天氣晴朗時可出外走走，甚至滑雪，看看企鵝，溜溜狗。天氣惡劣時只可待在中心消閒。想吃甚麼，要預早向廚師表達，生活規律單調，但可專心研究科學。這就是他們的苦與樂。

在風雪中冰山上的企鵝羣

下午，科研人員離船了，我們目送他們回到藏在冰山雪層下的大本營。郵輪繼續在南極半島與群島間巡遊，冰山處處，偶爾有羣企鵝在冰山上，偶爾又發現一隻海豹在冰雪下閒躺，之前的興奮漸漸覺得理所當然。

天氣時晴，時雨，時雪，郵
輪內的氣溫則常定在可
接受的範圍內。我
們在船外攝影，
冷了，抵受不了
手腳的僵凍，
便走回船艙暖
暖。船內其中一
個休息室，有個電
視機不停的播映著火
爐上紅紅烈火，很多人走
到那裏坐坐，片刻間，身體暖

2017/12/29

電視播映著火爐燃著的紅紅烈火

和了不少，是視覺影響了我們身體的感覺？！妙，其實人的思維，主
宰了大部分身體的感官，喜怒哀樂，冷暖憎惡，所以有人說，用冥想法，
可以治療癌病，真的？假的？我都想知。

郵輪上的暖水泳池

12 月 30 日，郵 輪
離開南極半島，向着
下一站英屬福克蘭
羣島前進。那天
的天氣放晴，我
們在船上盡情享
受它提供的娛樂
設施和節目。

南美洲

第十九站 斯丹利港 Stanley

☆恐怖！敵人往往就在你身邊！☆

12 月 31 日，郵輪駛進英屬福克蘭羣島的首都斯丹利港，此港位於東福克蘭島上。福克蘭羣島是英國海外領土，位於南大西洋巴塔哥尼亞大陸架上。1982 年，阿根廷與英國發生戰爭，為奪此羣島的擁有權，但阿根

福克蘭羣島的海港燈塔

廷最終失敗，英國再次擁有該羣島主權。船上的英籍乘客們，來到這羣島時，感覺到他們有種莫名的興奮。

羣島上祇有 2932 位居民，其中大部份是英國血統的福克蘭羣島人，其次是法國人，直布羅陀人和斯堪的納維亞人。主要語言是英語，貨幣是當地銀行出的福克蘭羣島英鎊，英國的英鎊，歐羅和美元也在當地使用。但福克蘭羣島英鎊，則不可在英國本土及其他世界各地使用，所以換貨幣時要小心，不要換得太多，以免貨幣出了此羣島後便廢了。

斯丹利港碼頭

羣島的經濟活動主要是漁業，旅遊業和以高品質羊毛出口為重心的綿羊養殖業。島上有大量鳥類羣種，企鵝種類也有四，五種。

郵輪上的救生艇

我們這次看到的是麥哲倫企鵝，有些朋友則參加船上舉辦的旅行團，去與皇帝企鵝拍照，團費 USD375/ 人，太貴了，往返的時間也很長，最少要七、八小時來回車程。商量過後，我們決定放棄此選擇，改在島上港口附近的依柏斯海灣 Gypsy Cove 看麥哲倫企鵝家庭 Breeding Magellanic Penguins 和其他鳥類和海獅，也留點時間逛逛斯丹利市。

12 月 31 日，郵輪無風無浪進入福克蘭羣島的範圍內，看到遠方的海港燈塔了。

早上，郵輪泊在斯丹利港灣外，我們要乘坐郵輪上的救生艇，才可登陸斯丹利港口市。

斯丹利是個很小的小市鎮，緩步行，影影相也祇需二小時便足夠了。我們登陸時，天突然下起

雨中的斯丹利港

南美洲

141

大雨，本來準備步行到祇需 40 分鐘步程的依柏斯海灣看企鵝，但路上泥濘處處，便到碼頭的旅遊咨詢中心問問，知道碼頭上有小巴接送到依柏斯灣看企鵝，來回車費 USD10/ 人。很多船上

戰船殘骸

的遊客（其實斯丹利港的遊客，有 99% 都是從郵輪到來旅遊的）在大雨中都選擇了乘小巴去，我們也是。

輪候小巴需時，終於我們上了小巴向着依柏斯海灣前進。雨停了，車途中看見斯丹利內海灣泊了數艘破爛的戰船，聽說是當年英國與阿根廷為爭奪福克蘭羣島時，阿根廷戰敗的戰船殘骸。

依柏斯海灣 Gypsy Cove

依柏斯海灣 Gypsy Cove

小巴到達依柏斯海灣的小山坡停車場內，我們下車後跟着人羣往山坡走，不遠處就有個介紹依柏斯海灣內所有的雀鳥和企鵝的牌扁，附近也有工作人員看守和維持秩序，他們着令我們不可超越用鐵線圍繞著的欄杆，他們說欄杆外有地雷，是英阿戰爭時遺下的。我們在山岥上循著安全的小

路往前走，不多遠，啊！一大羣企鵝在山峽下的海灘聚集，有躺著的，有企站的，有走出羣組向着我們站立的山峽走來的。我們的攝影機開始不停的拍攝，長短鏡頭相互不停的扭動着，為的是要攝錄牠們可愛的樣子和神情。郵輪上專題講座的專家教授，曾建議我們看企鵝，最好是觀察一對，或牠們一家的生活，這樣你會了解多些企鵝的感情生活和習性。企鵝是一夫一妻制，且感情專一，至死方休，令人羨慕。我們看到的這羣企鵝，是南極附近島嶼最常見的麥哲倫企鵝，黑色的禮服內襯着雪白的襯衣，頸上有白色一條的頸項，頭戴黑帽，鼻嘴黑黑的，臉上祇留下一條白色的線條，神氣自信，很是可愛。

南美洲

海灘上的企鵝

2018/01/01

麥哲倫企鵝

2018/01/01

懸崖邊的飛鳥

這隻鳥在找尋企鵝蛋和企鵝 BB

山坡上的台蘚和綠色小草

山坡上除了遙望海灘上的企鵝外，近看的鐵線欄杆圍欄外也可尋找到企鵝洞穴，其中我們就看到二，三個企鵝家庭在附近呢。沿著小路走，到達山崖的瞭望台，看到很多飛鳥在崖邊結巢，其中有種鳥是專吃企鵝蛋和企鵝 BB 的，真恐怖！敵人往往就在你身邊！

沿着山岰小路走到山頂，平平的小山坡上，生滿了台蘚和綠色的小草。遠望開去，看到我們的郵輪和其他的郵輪在斯丹利港灣外停泊，近看則是斯丹利港的市區。我們停留了片刻，便回停車場坐另一輛小巴回市區去了。

斯丹利港 Port Stanley

斯丹利港的城市設計，有如英國的小鎮一樣。小市鎮須小，五臟俱全，有碼頭、旅遊咨詢處、郵局、工務局、銀行、餐廳、商店、教堂、市政廳、倉庫、民宿、墳場等等，應有盡有，儼如一個設施齊備的大城市。

從這裡遠望斯丹利港

南美洲

斯丹利港的敎堂

戰爭紀念碑和背後的市政廳

斯丹利港的碼頭景

斯丹利港的渣打銀行

145

行行，走走，拍拍照，逛逛紀念品商店，呀！又是要排隊上救生艇登回郵輪的時間了。

斯丹利港是個十分英式的小鎮，我們很享受在這小鎮，悠閒的渡過一個下午，慶幸沒有花太多時間去遙遠的一方看皇帝企鵝。雖然皇帝企鵝難得一見，但如去看，就無時間享受這可愛的小鎮喇！

斯丹利港中央郵局

碼頭旁的英式電話亭

斯丹利港的貨倉

斯丹利港的港口景色

排隊上救生艇登回郵輪

第二十站 馬德林港 Puerto Madryn

☆羨慕雄性象鼻海豹嗎？多妻而不須負養子責任☆

阿根廷的馬德林港

離開福克蘭羣島的斯丹利港，郵輪在大西洋海上向北航行一天。2018 年 1 月 2 日早上，郵輪到達阿根廷的馬德林港。

馬德林港是阿根廷境內由巴塔哥尼亞北部和瓦爾德斯半島組成，是著名的旅遊勝地之一，它的瓦爾德斯半島動物保護區 Reserva Faunistica Peninsula Valdez 在 1999 年被聯合國教科文組織指定為世界遺產，因它是著名的海獅，象鼻海豹，南方露脊鯨，花斑喙頭海豚和麥哲倫企鵝等的海洋動物和原駝，豚鼠，草地負鼠等野生動物保護區。

早上郵輪泊岸時，有二隻海豹在碼頭的枕木上曬太陽，可愛極了。出了碼頭的關閘後，是一條長長的沙灘，可能是早上，沙灘上遊人稀少，我們沒有細賞，便第一時間到沙灘旁大道的另一

二隻海豹在郵輪碼頭曬太陽

碼頭旁的沙灘

邊，找尋當地的旅行社，安排瓦爾德斯半島動物保護區一天遊。終於在碼頭不遠處的大道旁，找到一間小小的旅行社，我們合併郵輪上的其他客人，一共十人，共用一輛小巴車，一個導遊，一個司機計，每人要付 USD80/人（現錢交易），如簽信用卡，則收 USD90/ 人，另收入保護區的入場費 USD25/ 人。價錢比郵輪上安排的旅遊團費平一半。

日本礦沙廠企業

到半島保護區看動物，全程約二小時車程。小巴向著瓦爾德斯半島進發，途中看到大型的礦沙廠，是日本企業。一小時後，小巴進入半島前，各人先在門口繳付入場費，然後駛進瓦爾德斯半島動物保護區的省級動物研究中心 Reserva Faunistica Provincial 「Isla de Los Pajaros」作短暫停留，讓我們了解中心的工作和保護區內的各種事項。

瓦爾德斯半島動物保護區的省級動物研究中心

瓦爾德斯半島動物保護區

途中看見很多貝殼仍留在沙地上

　　離開研究中心，小巴在半島路上行走。這是一條剛開發的石屎路，走不多遠，路變成沙地，車子開始有些搖晃。導遊說這個半島原是海底下的海床，我們可看到很多貝殼仍留在沙地上。千萬年前，這裏因地球地殼變動，南大西洋的海水水位流動和降低，大量沙石聚積在這裏，再加上又有大量沙石隨河流從巴塔哥尼亞山脈沖積下來，堆積在此，漸漸的，由於以上的種種地理因素，這裏就慢慢形成一大片肥沃的半島土地。在這裡，草叢矮樹繁生，孕育了無數食草類的耐寒動物，南極很多海洋性生物也以此地為他們冬來夏去的季節性居所。

　　瓦爾德斯半島是個充滿生命力的海洋生物和動物保護區。車繼續向前行，途中我們看到鹽田，湖泊，看到原駝 Guanaco，看到豚鼠 Cavies，看到駝鳥，也看到飛鷹等，在自由自在地生活。

從關閘起，車行一小時後，就停在一處有木欄杆欄著的小山岥上，我們走出車外，一隻麥哲倫企鵝就站在身旁，往欄杆外看，很多企鵝家庭和牠們的族羣就是在這裏生活。這裏的企鵝不怕人，可能這裏是有名的野生動物保護區，遊人每天絡繹不絕，牠們已經習慣了這些訪客。

瓦爾德斯半島內的海洋生物和動物圖

途中看到的駝鳥

途中看到的豚鼠

不怕人類的麥哲倫企鵝家庭

再往外看，導遊說外圍的沙灘上躺滿了海獅，另一邊也躺滿了象鼻海豹。啊！太遠了，若不細心看，或者用相機的長短鏡把牠們拉近看，真會忽略了牠們的存在。海獅離我們太遠了，祇看到啡黃色的一片，偶然會看見有一些蠕動。

　　近一點的是象鼻海豹家庭，頭尖尾尖，中間部分圓圓大大的，笨重的身體（聽導遊說，雄性象鼻海豹的體重平均是 2200 公斤 −4000 公斤，雌性象鼻海豹的體重平均是 400 公斤 −900 公斤），移動起來懶懶的，移動身體幾步，就要停下來休息幾分鐘，又再移幾步，又再停下來休息，我們就看見一隻象鼻海豹離海邊約十米遠處，移動到海邊去，至少要花二十分鐘時間以上才到達。我問導遊為什麼這裡的象鼻海豹看不到牠們長長的象鼻子？她說有長鼻子的是雄性象鼻海豹，雄性象鼻海豹在交配完後，就會游回海中去，現時留在這裡的都是雌性象鼻海豹，牠們沒有長鼻子。這裏的雌牲象鼻海豹有的是已懷了孕，有的剛產完子，現時是牠們的 BB 保育期。雄性象鼻海豹已返回海中去了，所以現在看不到長有長象鼻的雄性象鼻海豹。啊！雄性象鼻海豹真瀟灑，多妻而不須負任何養子責任。

外圍的沙灘上躺滿海獅

南美洲

象鼻海豹的介紹牌

沙灘上躺著的象鼻海豹

近鏡拍攝的雌象鼻海豹

回船的路程遙遠，要預留二個多小時車程。匆匆的，不捨的，踏上歸途。路途上，看見很多十隻八隻一羣的野生原駝 Guanaco，聽導遊說，（這導遊原來來頭不小，她是專事研究這裏的野生動物專家，她是美國人，在這

回途中看到的一羣野生原駝

裏生活已經有十五年了，她仍樂此不疲）這些野生原駝，是一夫多妻制，通常我們看到的一羣是一家人，較高大的就是牠們的一家之主，雄性領頭原駝，小雄性原駝長大後，必須離羣，自立門戶，否則會被家主（即一家中的領頭雄性原駝）殺死。野生原駝與我們通常在南美洲其他地方所見的家養羊駝 llama 表面看來差不多（原駝的頭臉是黑色的），但野生原駝野性難馴，不可以圈養。除了野生原駝，我們也看見飛鷹和貓頭鷹等飛鳥。

離開瓦爾德斯半島，回到碼頭區差不多是登船的時間了，匆匆的走到碼頭附近的商場上網（免費 WiFi），向親友報平安。又匆匆的在碼頭旁的沙灘拍照留念，便登船去了。到訪馬德林港，瓦爾德斯半島動物保護區是不容錯過的。

碼頭旁的沙灘

黃昏，郵輪離開阿根廷的馬德林港，向著北面的烏拉圭首都蒙得維的亞駛去。

第二十一站 蒙得維的亞 Montevideo
☆建國之父阿蒂加斯將軍的墓室☆

　　郵輪離開阿根廷的馬德林港，在海上航行一天。1月3日晚上，在郵輪的歡送晚宴上，各人都打扮得整齊漂亮，向共處了十多天的船友拜別，雖然有些不捨，但再過3天，大家就各奔前程，各自返回自己的崗位了。當然我們的旅程還未完，還有十站繼續旅程。

歡送晚宴上的打扮

　　1月4日早上，郵輪停泊在烏拉圭共和國的蒙得維得亞港口碼頭。郵輪下的水是啡啡黃黃的，與之前其他港口碧藍的海水有別。啊！記起了，這港口位於 Rio Plata 普拉塔淡水河口，郵輪下的水是河水，所以顏色有別於其他港口的海水。

蒙得維得亞港口碼頭

　　蒙得維的亞 Montevideo 在葡萄牙語的意思是「我看見山了」，Monte 是「山」，video 是「我看見了」，是當年葡萄牙航學家發現新大陸時，第一時間發出的感嘆語。蒙得維的亞是烏拉圭共和國的

郵輪碼頭旁的綠色行人通道

首都，最大的城市和全國最大的工商業中心和交通樞紐，鐵路，公路，航空綫都是從這裡通往全國。這裏的氣候溫和，常年綠樹成蔭，鮮花盛開，有「南美瑞士」之稱。

現時烏拉圭共和國的主要政府官員，都是由原住民查魯亞印第安人組成，但早在數百年前，歐洲人入侵烏拉圭時，原住民遭到大量屠殺，當時的殖民政府官員主要由西班牙人和意大利人組成，所以西班牙文是主要語文。到 1825 年烏拉亞共和國成立後，西班牙文仍沿用為當地的官方語文。

蒙得維得亞港的對岸是阿根廷首都布宜諾斯艾利斯，大家遙望相距只有 190 公里。蒙得維得亞分新城和舊城兩部分，我們今次遊的是舊城區。

郵輪停泊在靠近舊城區的碼頭，我們步行出碼頭關閘，過了馬路，就是繁忙的舊城區了。舊城區保留著西班牙殖民統治時期的建築風格，街道狹窄但整潔，兩旁商店林立，大部分都是販賣以遊客為主要對象的紀念品，街道中偶然發覺有一，二個藝術品佇立著，亦常有警察巡邏，顯然的，這裏就是一個專為遊客而設的區域。

關閘旁的旅遊咨詢中心

碼頭外的歡迎牌

我們行行，望望，拍拍照，中途看見一間很有殖民時期風格的建築物，原來是烏拉圭共和國的中央海事分處 Centro De Sub Oficiales Navales Uruguay，門開着，我們走進去看看，裏面的工作人員很友善的招待我們，也讓我們在裏面拍照。

2019/01/04
街上的巡邏警察

南美洲

沿著行人專用的華盛頓街 Washington 往前行不多遠，就到了自由廣場，再向前行，就是憲法廣場 Plaza de la Consitucion，途中有很多小博物館，但大部分關了門。我們幸運的進了其中一家國家歷史博物館 Moseo Historic Nacional，原來我們到訪的這段時間，是他們的午飯時間，要關門休息，但經我們表明身份及來意後，他們便很友善的讓我們進去參觀片刻了。

2018/01/04
烏拉圭中央海事分處

2018/01/04
烏拉圭中央海事分處內

國家歷史博物館內的展覽

國家歷史博物館 Moseo Historic Nacional

　　這博物館內，充滿了殖民時期的建築裝飾，展出了很多蒙得維的亞的歷史物品和名畫，雕像等，是值得一遊的地方。

準備關門的國家歷史博物館

憲法廣場 Plaza de la Constitucion

　　憲法廣場四週圍著商店，銀行，博物館和餐廳，廣場內也擺滿了販賣紀念品和工藝品的攤檔，中央有座典型的歐洲色彩的噴水池，池邊有可愛的男童像和飛龍。廣場邊角有座寫著1810 1868 的前政府辦公廳Cabildo，現在內裏是空空的，祇擺

憲法廣場的牌子

放了一些零碎的展品，一面大大的宮廷鏡子，和鏡子前面掛在架上的宮廷仿製衣服，這些衣服可讓遊人免費穿著拍照。

從憲法廣場角邊，近前政府辦公廳 Cabildo 旁的一條行人商業街往前走不多遠，就看見烏拉圭堡壘大門 Puerta de la Ciudadela。從這門進去，就是烏拉圭全國最主要的廣場，獨立廣場 Plaza Independencia。

烏拉圭堡壘大門

試穿仿製宮廷衣服

1810 1868 的前政府辦公廳

獨立廣場 Plaza Independencia

這廣場是到蒙得
維的亞旅遊必到之景
點。廣場中央矗立着
烏拉圭共和國之父阿
蒂加斯 Artigas 跨
着戰馬，腰掛戰刀的
銅像。銅像下是安放
着烏拉圭共和國之父
阿蒂加斯將軍遺體的
墓室 Mausoleo a

烏拉圭獨立廣場和後面的薩爾沃 Palacios Salvo 大廈

José Gervasio Artigas。墓室外有個穿著如伸士般的男仕，不停
的邀請路過的行人入墓室內瞻仰這位偉大的獨立建國將軍。墓室內肅
穆莊嚴，墓前有憲兵守立，四週牆上寫着很多將軍的事蹟。中午時分，
墓室內更有憲兵換崗的儀式。

國父阿蒂加斯將軍墓室內

烏拉圭共和國獨立
廣場附近，有座 100 年
前南美洲最高的建築物
薩爾沃 Palacios Salvo
大廈，附近有座政府屋
宇博物館 Government
House Museum，再
過就是華麗的太陽劇院
Teatro Solia。

太陽劇院 Teatro Solia

這劇院是烏拉圭最大，最主要的劇院，入場參觀，收費烏拉圭幣值 90UYU/人，約 等 於 USD3 美元 / 人，只收烏拉圭幣。我們只好到廣場附近的找換店換烏拉圭幣。太陽劇院的參觀團是西班牙語

太陽劇院

介紹，也有英語介紹。劇院內的設計，也是馬蹄 U 型的看台，這與意大利 Teatro alla Scala 劇院的設計差不多，原來是意大利建築師 Carlo Zucchi 設計，怪不得風格有些相似。此劇院在 1856 年開幕，在 1998 年再由另一建築師設計，加建了兩座建築物在兩旁，2004 年重開時，劇院內的音響效果和傷殘設備已十分現代化了。

參觀完劇院後，差不多時間要回程登船了。下一站，也是這條郵輪旅程的最後一站，阿根廷的首都布宜諾斯艾利斯。

太陽劇院內的天花板圖案

南美洲

第二十二站 布宜諾斯艾利斯 Buenos Aires (2)

☆嘿！情是何物？Don't cry for me Argentina ☆

出了郵輪碼頭通往市區的大道

郵輪離開烏拉圭的蒙得維的亞後，第二天 2018 年 1 月 5 日早上，駛達布宜諾斯艾利斯郵輪碼頭。今次郵輪的泊位位置同樣是上次 Costa Fascinosa 泊的位置。我們同樣要乘坐碼頭專車到關閘大樓，出境後，才可步入市區。

郵輪停泊在布宜諾斯艾利斯的碼頭二晚，所有的乘客也可住在郵輪上二晚，到 1 月 7 日才離船，完成這次南美南極半島的 22 天郵輪旅程。

重臨布宜諾斯艾利斯市，有種熟悉的感覺，我們會在布宜諾斯艾利斯市停留 4 晚，二晚住在郵輪上，1 月 7 日搬出郵輪，到市內的克拉瑞吉酒店 Claridge Hotel(當地 4.5 星級酒店，房價 HKD580/ 晚連早餐) 住二晚。1 月 9 日會飛到波利維亞的城市拉巴斯繼續旅程。

布宜諾斯艾利斯地鐵站內的地鐵圖

1月5日郵輪泊岸的那天，天不造美，下着滂沱大雨，很多人都被困在關閘大樓內。待雨稍停後，已差不多中午時分了，我們匆匆的由關閘走到約15分鐘步程的火車總站，乘搭地鐵到早已計劃去的 El Ateneo 書店。（繼續使用上次買的

地鐵站內

SUBE 卡乘搭地鐵，因是「嘟」的儲值卡，所以沒有注意車費多少，應該都是 6ARS。SUBE 卡可以在火車總站充值，也可到街上寫有「SUBE」燈箱的小店充值）

El Ateneo 書店

在 Florida 地鐵站下車，行一段小距離，便是 El Ateneo 書店。這書店是布市旅遊景點之一，是因為它是由一間華麗的劇院改造而成，內裏的裝飾（除觀眾的坐椅外），大部分都保留著原來的華麗樣貌。劇院的舞台，是書店內的咖啡座，坐位不多，要預早訂位或要等。書店內有各種各樣的書籍，任君選擇，我們也買了本西班牙語的兒童故事書送給孫兒。

El Ateneo 書店內舞台上是咖啡座

南美洲

阿根廷的讀寫能力基礎教育及職業中心

離開書店，沿途到了一所政府大樓，外牆的裝飾很有歐陸風格，嘗試入內問問可否參觀，哈！竟然可以，祇是要登記證件和不可自由走動，招待處安排了二位年青的女老師帶著我們到處參觀。這裏原來是阿根廷的讀寫能力基礎教育及職業中心 Centro de Alfabetizacion，Educacion Basica y Trabajo 01，現在是阿根廷的學校暑假，老師們都較清閒，她們帶我們參觀畫室，圖書館，演講室等等。

職業中心內的圖書館

職業中心內的國旗和總統像

162

謝過二位老師的熱情招待後，我們又走到相隔不太遠的水務發電局大樓 Palacio de Aguas Corrientes，這大樓內其實有個水力發電系統的展覽室，逢星期二至五早上 08：00 至 11：00 免費開放給公眾參觀，可惜

水務發電局大樓

南美洲

當天是星期五下午三時多，關了門，我們無緣一睹究竟，只好在門外拍了照便算了。

跟著我們乘 12 號巴士到意大利廣場 Plaza Italia，再沿著意大利廣場後的動物公園向前走，向著西班牙英雄紀念碑 Monumento de lose 走去。雨越下越大，我們趕快拍照後，就走往另一個英雄紀念碑 Monumento a Justo Jose de Urquiza 旁的巴士站乘車回郵輪吃晚飯了。

布宜諾斯艾利斯素有「南美巴黎」之稱，實名不虛傳，雖然一個多月前曾遊此地，但這裏的藝術氣息和可欣賞的景點還有很多。這幾天就慢慢的遊和感受布市的美，與之前遊覽的景點，又是另一番風味和情趣。

西班牙英雄紀念碑

國家聯合廣場 Plaza de Las Naciones Unidas

這廣場位於火車總站西北面，布宜諾斯艾利斯大學法學院 Faculty of Law University of BA 旁邊，是個綠草如茵的大廣場，場中央有朵巨大的不銹鋼鋁質的六瓣花雕塑 Floralis Generica，是 2004 年由阿根廷名建築師 Eduardo Catalano 贈與，此花由電子操控，每朝早上 8 時，花瓣就會開放，日落就會合攏，合攏時會射出一道紅光，代表著「等待明天黎明的再來」。

布宜諾斯艾利斯大學法學院大樓

國家聯合廣場

Floralis Generica 不銹鋼鋁質的六瓣花雕塑

國家美術博物館 Museo Nacional de Bellas Artes

在國家聯合廣場對面馬路的後方，就是國家美術博物館。這所博物館是布市內最美麗莊嚴的建築物，內收藏了很多珍貴的文物，如梵高，莫奈等等名畫家畫作，也收藏了法國路易十六時期的家具，日用品和東方美術作品等等，全部是原件，是值得一遊的博物館。當日門票免費。

國家美術博物館外側，有個很特別的雕塑，大家可以猜猜，作者是想表達什麼。

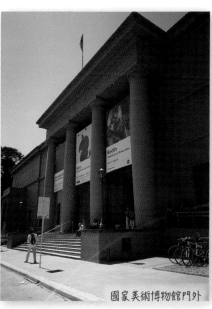

國家美術博物館門外

美術博物館內的名畫

美術博物館門外側的雕塑

聖得爾姆 San Telmo 內的 Defensa 小路

San Telmo 週日市集入口

聖得爾姆 San Telmo 是布宜市內最早期平民生活的地方，很多人到這裏一遊，除了是要體會它的懷舊情懷外，最主要的是到訪它每逢週日的市集。這個週日市集的攤檔很多，貨品琳瑯滿目，應有盡有，由 San Telmo 起點至五月廣場旁的 Defensa 小路，都是他們擺賣各種物品，包括古董，阿根廷玫瑰寶石，衣飾，紀念品，手工藝品等等的攤檔，還有無數的街頭藝人表演節目，包括跳探戈舞，唱歌，木偶戲，彈奏音樂等等，熱鬧非常。1 月 7 日正是星期日，我們就有幸參與這個盛會，到那裏走走，體驗下阿根廷布宜諾斯艾利斯的平民大集會。真的是熱鬧非常，物品價廉物美，我也在那裏買了一套阿根廷玫瑰寶石耳環和吊墜給女兒作手信，價值 780ARS。

San Telmo 的街頭壁畫
（仔細看可以感受到當年平民區的辛酸）

週日市集內的手工藝攤檔

伊娃貝隆夫人紀念碑 Monumento a Eve Peron

伊娃貝隆夫人紀念碑就在國家美術博物館的斜對面，伊娃貝隆夫人的雕像是個沒有穿鞋，身體向着前傾，瘦削身材的一女仕，這雕像的造型更突顯伊娃貝隆夫人的勤奮、熱誠和為人民服務的堅持和執著。阿根廷人很尊敬她，稱她為「國母」。不過不知為何，她的紀念碑前被鐵欄杆圍著。

從貝隆夫人紀念碑往山上望，是有座很有氣勢的建築物，原來是國家圖書館 National Library，可惜當日圖書館關閉，我們過其門而不得入。

伊娃貝隆夫人的雕像

在貝隆夫人紀念碑附近，有很多其他英雄紀念碑和廣場。我們拍照時看到有幾個成年人在對著一個紀念碑畫素描，走過去看看，啊！原來他們在做作業，他們的素描老師（是布市內美術學院的教授，現在是學院放暑假期間，他免費為布市內有興趣的人仕作美術導師）在旁指導，布宜市的人民，喜愛藝術的氛圍，可見一斑。

學生的素描作品

美術導師教授和他的學生

拉維哥利得墳場 La Recoleta Cemetery

拉維哥利得墳場入口

伊娃貝隆夫人墓令布宜市內的拉維哥利得墓園成為旅遊景點之一。伊娃貝隆夫人是個傳奇人物，她是貧農出身，曾當電台播音員 DJ，她盡心盡力地幫助丈夫貝隆將軍登上總統寶座，雖然有人說她曾是妓女，但大部分的阿根廷人都不接受這種說法，他們尊敬她，是因為她真正的解放了阿根廷的貧苦大眾。她年僅 33 歲，就走完她短暫而精彩的人生，很可惜。

伊娃貝隆夫人墓室

伊娃貝隆夫人墓前擺滿了鮮花，每天都有成千上萬的人到來致祭，外國旅客最多，可能因多年前的一首名歌《Don't Cry for me Agentina》，令這裡變成旅遊必到之地，我在墓前就看到一隊接一隊的旅客由導遊帶領到來。

伊娃貝隆夫人墓室頂寫著都亞雷得家庭 Familia Duarte，我好奇的問導遊，為什麼不是貝隆家庭的墓室呢？他答道，都亞雷得家庭是伊娃貝隆的娘家名稱，她是葬在娘家墓室內，因貝隆總統在伊娃死後不久就另娶他婦！嘿！情是何物？

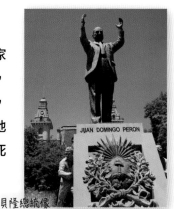
貝隆總統像

女人橋 Puente de la Mujer

由西班牙著名建築師 Santiago Calatrava 設計，2001 年建成的女人橋是另一必遊的布宜市內景點。此橋造型優美，由兩條簡潔的綫條組成，一條作橋面橫跨河的兩岸，一條從橋的三分一距離斜射向中央，作伸臂式的吊著橋面，全橋小巧玲瓏，通體白色，像穿著白色舞衣的女郎跳探戈舞時伸出美腿的舞姿。若兩條綫合起來再加上橋墩，就像典雅的女仕高跟鞋，真是美極了。

原來女人橋還可以在某時段移動，它是以橋墩為支點，作 90 度角平面旋轉，打開橋的中央，讓船通過。哈！真好玩。

南美洲

女人橋 Puente de la Mujer

女人橋港口區 Puerto Madero

女人橋港口區 Puerto Madero

女人橋港口區兩岸本是倉庫，改建和優化後變成現代化的休閒區，有遊艇會，有食肆，有露天咖啡廳，還有陽光下熠熠生輝的現代化玻璃幕牆大廈，和舊倉庫的磚頭水泥牆表現出來的剛硬，女人橋的柔美，使這區變成了剛柔並列，新舊溶和的新景點。

遊艇會外的划艇練習

沙爾文安圖總統艦艇博物館 ARA Presidente Sarmiento

沙爾文安圖總統艦艇博物，
是一艘在 1890 年代，阿根
廷海軍製造來用作訓練海
軍作戰的艦艇，現在已
改為艦艇博物館，入場
費 10ARS。船上展示
很多當年海軍在船上的
生活照，用作訓練的槍
炮和魚雷等，可以了解一
點當年阿根廷的歷史，也值
得一看。

沙爾文安圖總統艦艇博物館

艦艇博物館內的槍炮

很喜歡布宜諾斯艾利斯
這城市，有新有舊，有剛
有柔，有喜有悲，身在
其中，你會感受到這種
衝激的矛盾和喜悲。

布宜市內的現代化
都市建設，公共交通四通
八達又平宜，街道寬敞整
潔，新舊建築物共融，人民多
是歐洲人的後裔，如西班牙人，意
大利人，法國人，英國人等，他們有都市人的睿智、冷傲但很友善，
還有在隱隱中感覺到的那股不得志的無奈。我們曾與一位的士司機（看
來是之 30 多歲的歐洲後裔青年）交談，他能說流利的英語，他說他是
土生土長的阿根廷人，在大學供讀建築工程系，曾在建築工程界工作
四年，是正式有牌的工程師，但現時的布宜市的失業率很高，工程師

的薪金很低，不能養活一家四口，所以現在轉行做的士司機，因懂說英語，生意不錯，收入比以前做建築工程師多了些，以前學的專業是白費了，他說這是阿根廷布宜市內普遍的現象，所以他們很多人有空便上街遊行，抗議和發洩對政府的不滿。

　　1月9日中午，我們離開布宜諾斯艾利斯，乘飛機（單程HKD2549/人）到玻利維亞的聖得古斯比魯比魯國際機場 Santa Cruz Viru Viru 再轉機到拉巴斯繼續旅程。

再見！美麗的布宜諾斯艾利斯

第二十三站 拉巴斯 La Paz

☆咳到出血的高山症！☆

拉巴斯市

我們持香港特區護照，到南美多國，包括巴西，阿根廷，智利，烏拉圭，秘魯等，都是免簽証，玻利維亞則例外，入境要簽証。當初計劃到玻利維亞旅遊之前，得到很多訊息是持香港特區護照入玻利維亞境內很麻煩，不容易簽證，但今次的入境玻國經驗就証明世界在變，很多事都在改變中。先說我們在沒有玻利維亞簽證的情況下，順利登上飛往玻利維亞的飛機。飛機到達玻國的 Santa Cruz Viru Viru 國際機場，轉機時機場職員發覺我們持的香港特別行政區護照是要簽證入境的，便很有禮貌地請我們坐下等等。不久，便有一位辦理入境事務的女官員到來，給我們就地辦理入境簽證，簽證費 USD98/ 人，需時約二十分鐘，簡單快捷，完全無耽誤轉機時間。

飛機到達拉巴斯機場，是晚上十一時多。的士載我們到舊城區的酒店，羅薩尼奧酒店 Hotel Rosario LA Paz，(3.5 星級房價 HKD680/ 晚，連早餐) 車費 USD10，車程半小時。

拉巴斯是世界上海拔最高的首都，平均高度是海拔 3600 米，位於阿爾蒂普拉茲高原上的一個山谷中，也是玻利維亞政府所在地和實際上的首都，但它的法定首都是蘇克雷。拉巴斯市氣候屬於亞熱帶高原氣候，空氣稀薄，含氧量少，容易有高山反應。它的年均氣溫攝氏 7 度，但晚上氣溫可以降到攝氏 0 度左右，所以要帶備禦寒衣物。

我們原來的旅遊計劃，是到玻利維亞的拉巴斯住二晚，第三天坐飛機到烏尤利，住三晚，感受一下當地的大鹽田「天空之鏡」的美麗仙境，然後再回拉巴斯住二晚，再轉乘車往北走到世上最高的淡水湖泊「啲啲喀喀」湖，看看因戰亂而衍生出來的蘆葦浮島，繼而到秘魯的庫斯科和馬丘比丘看馬雅文化，全程十天。但這一切的計劃，都因我得了嚴重的高山症而取消了。其實我在到拉巴斯之前二天，已經在布宜諾斯艾利斯市吃了二天高山症藥丸，以防在拉巴斯時的高山反應，但天意弄人，有時都要知所進退，才留得我今天有命可以撰寫我這本精彩的旅遊書。話說回來，讓我寫下我在拉巴斯患上高山症的經歷與各位分享吧。

1 月 9 日凌晨，到達酒店房間，這房間沒有中央暖氣系統，只有油壓式暖風機，又無羽絨被，只有硬硬的棉被和毛毯，我是個很怕冷和天生低血壓的人。當晚我感覺冷，整夜不能入睡。第二天，吃過早餐後，精神也

酒店餐廳布藝佈置

不錯，便開始出酒店找當地的旅行社，買飛機票到烏尤利去。第二天飛到烏尤利的機票已沒有機位了，只好買了二天後的機票。烏尤利的鹽田酒店則早幾天已預訂，因怕這特色酒店客滿無房。我又到大街的

找換店換玻利維亞幣，一切安排好後，便回酒店休息。跟著的二天，會留在拉巴斯布內遊，其中一天是旅行社推薦的拉巴斯一天遊，收費USD30/人，6小時，包車，司機和導遊。

巫師市場 Mercado de Hechiceria

巫師市場就在我們酒店隔一條街，所以可以自由行。我們從酒店開始向着巫師市場步去，沿途很多本地商店，販賣各種生活物品，都是香港50，60年代時的產物。人民生活較其他南美國家貧困，看見不少老者瑟縮在街頭行乞或販賣小物品。

巫師市場附近商舖

巫師市場，本來是個販賣各式草葯，民族物品及一些古靈精怪的地道市場，聽說有些店鋪還售賣駱馬胚胎，本地人用作辟邪之用。但我們在巫師市場看到的多是售買遊客紀念品的店鋪，祇偶然看到一間草葯店和販賣駱馬胚胎的店鋪。

販賣駱馬胚胎的店鋪

在小巷的轉角處，我們看見一個印弟安婦蹲在地上，正在給一個看來是韓國去的年青女仕看病和看相，這韓國女士旁有個看來是導遊的男仕給她作翻譯。

這裡的本地女士衣著很特色，頭戴闊圓邊小帽，兩條扭紋辮子長及腰部，身披彩色鮮艷披肩，大大的裙襬襯着圓圓滿滿的臀部，走起路來一擺一擺的，像鴨子般有趣。她們也喜愛背著一個用彩布包紮成的大背包，在街上走來走去，我曾好奇的看看她們背包內是什麼，原來什麼都可以這樣背，食物，衣服，甚至娃娃（嬰兒），一條大大的彩色四方布，就可以代替了我們現在各類型的手袋背包了，真有用。

幫人看病看相的印弟安婦

拉巴斯的女士衣著

拉巴斯女士的彩布背包

南美洲

聖法蘭西斯教堂 Basilica de San Francisco

從巫師市場一路走去，就看見一座巍然建築物，這就是聖法蘭西斯教堂，教堂原建於 1549 年，但十七世紀初時毀於暴雪壓頂，現時的巴洛克式建築物是 1758 年完成。教堂內的裝飾設計與其他南美各國差不多，但坐在教堂門口的乞丐就明顯的比其他南美各國多了。

聖法蘭西斯教堂正門外

聖法蘭西斯廣場 Plaza San Francisco

聖法蘭西斯教堂外的廣場就是聖法蘭西斯廣場，也是拉巴斯的市中心，這裏人流很多，本地人，遊客，小販，乞丐，熱鬧非常。四周有很多商店，街市，食肆，我們就在這裏的一間本地人飯店吃了一頓羊肉泡飯和手切羊肉飯，味道是原始的白水煮食，配薯仔和地道的醬汁。

從巫師市場回酒店，是條長長的斜路，慢慢地走回酒店，已覺疲倦非常。

教堂正門外的廣場

聖法蘭西斯廣場的人和車

羊肉泡飯和手切羊肉飯

回酒店的長長斜路

　　因酒店內的房間不夠暖和，所以二晚在拉巴斯都不能入睡。第一，二天，我有少許暈眩感覺，但也可到處走，只是步伐比我平日的慢的多。第三天，我的頭開始痛，人也乏力，但因在遊行社訂了一天遊，也付了錢，所以勉強與外子一同出遊其他拉巴斯的地方。導遊是個曾在美國讀大學的三十多歲玻利維亞男子，他說，他喜歡回到自己的家鄉生活，也可以為自己國家做些事，所以回國生活了。上車後，他第一個介紹的地方是聖佩得羅監獄。

聖佩得羅監獄 San Pedro Prison

　　玻利維亞的聖佩得羅監獄是世界上最特別的監獄，也是拉巴斯市最大的監獄。那裏的特別之處，是犯人除了不可逃出監獄外，在監獄內可以做任何事，結婚，生子，打架，甚至販毒都可以，是世界上最自由又最恐怖的監獄。這裏沒有獄警，一切由犯人們自主管理，儼如另處一方的國家。牢房上也沒有鐵欄，犯人在監獄內工作，賺錢交牢房的房租，買生活所需。犯人在監獄內犯事，由犯人組織的「犯人委員會」審判，如在監獄內犯強姦未成年少女，是會被判挨刺的。所以有些玻利維亞人，寧願住在監獄內生活，因為他們覺得比外面的世界更安全。

拉巴斯的吊車 Mi Teleferico

吊車是拉巴斯市連接埃爾阿托市 El Alto(拉巴斯國際機場的所在地)的主要公共交通工具。拉巴斯現時的吊車共有線，黃，橙三線，遲些會加至 5 線，是大眾運輸的主要交通工具，現在可以載你到大部分市內的地區，將來則會覆蓋整個拉巴斯市，解決了拉巴斯地面運輸的擠塞難題。

吊車的收費便宜，單程收 3BOB，等於 HKD4。可以高空俯瞰整個拉巴斯城市，吊車的路線很長，很廣闊，可以看到山上的貧民區，政府辦公大樓，總統府，運動場及富人的高級住宅區等等。聽導遊說，在拉巴斯的富人區，房子也要 200 多萬美元一幢，是普通玻利維亞人不可想像的價格，當然，在香港，房價 200 多萬美元的比比皆是。

從吊車上高空俯瞰整個拉巴斯城市

從吊車上高空俯瞰的街景

月亮谷 Valle de la Luna

跟著導遊帶我們去遊的是月亮谷，當時，我已開始頭痛欲裂，嘔吐，咳嗽，身體也軟弱無力，高山症越來越嚴重了。我只好在月亮谷的入口處坐下來休息，讓外子和導遊深入探索月亮谷的特色美景了。

月亮谷是由於山體經長時間的強烈風沙侵蝕而導致現時的奇特地貌。外子說，在陽光下仔細觀察月亮谷嶙峋石岩時，可以看到金色，黃色，赤紅色和深紫色等，是因為石體內含有不同的礦物質反射所致，但我因高山反應帶來的不舒服，所以無心欣賞便匆匆上車離開了。

南美洲

月亮谷

議會大樓 Asamblea Legislativa Plurinacional 和附屬的軍事處

穆里約廣場 Plaza Murillo

總統府辦公室 Palacio de Gobierno

以後去的幾個景點，如穆里約廣場 Plaza Murillo，這個充滿歷史性的殖民時期廣場，和它周圍的歷史建築物，都因我的頭痛和身體軟弱無力，而要留在車上休息，外子也只是匆匆的看兩眼就提早回酒店了。

回酒店後，立刻在房中吸了二筒氧氣，感覺好些，但晚上咳嗽越來越嚴重，在稀稀的痰涎中混和了血絲，外子立刻請當地醫生到診。本來明天飛往烏尤利的飛機票已買，但外子怕我的病情越來越不可收拾，決定放棄到烏尤利的計劃，立刻買機票飛往海拔低的地方秘魯首都利馬，離開拉巴斯的高原環境，保住性命才是第一考慮。雖然已付的飛機票價只可索回一半，已付的烏尤利酒店房租也因太遲取消而無法退還，但健康歸家才是最重要。謝謝他的英明決定。

第二十四站 利馬 Lima (1)

☆受尊敬的聖羅撒修女☆

Miraflores 區內

利馬是秘魯的首都，面向南大平洋。利馬於1535年由西班牙殖民者所建，是秘魯西班牙文化重地，是西班牙語在美洲僅次於波哥大和墨西哥城的經濟和文化中心。

1月13日早上，我們從玻利維亞的拉巴斯飛到秘魯的利馬只雖2小時（單程機票價HKD2069/人），奇怪的是，我在拉巴斯高原上的不適，如咳嗽，暈眩，嘔吐等等現象，在到達利馬機場，下機後，不知不覺間沒有了。由機場到達酒店，45分鐘車程，（酒店是3.5星級，安迪斯馬酒店 Hotel Andesmar，房間面積有400平方呎，有簡單煮食設施，連早餐，房價 HKD480/晚，超值）我訂了酒店專車，USD22單程，畧貴，但服務很好。酒店在 Miraflores 區內，Miraflores區屬利馬的高級住宅區，附近很多咖啡店，餐廳和大商場。我們在酒店內稍作休息，便到附近的大商場購買旅遊車票準備明天到柏拉卡斯Paracas。商場外的對面馬路，有車站是可以乘公共巴士到利馬市中心的。我們買車票後，便乘坐巴士302號前往利馬市中心的著名旅遊勝地，利馬的武器廣場 Plaza de Armas 逛逛了。

聖羅撒修女雕像

聖羅撒修女收容所

聖羅撒修女收容所 Santuario Santa Rosa

聖羅撒修女收容所，就在我們下車到武器廣場的車站的對面馬路，我們被這所深紅色的教堂外型，教堂前的一大片大草地和在草地上佇立著的聖羅撒修女像吸引而走進去。教堂是收容所的一部分，它是紀念聖羅撒修女在400年前，得到聖召，在利馬把自己的家設置成收容所，收容那些被遺棄的孩童和老人，特別是印第安裔兒童和年長者。聖羅撒修女很受利馬人民敬愛。現在這所教堂還保留著她的事蹟和收容所的原貌和墓所，讓人憑吊。

從車站到武器廣場雖要走一段路，路的兩旁，有很多殖民時期的建築物，有些雖已日久失修，但仍可看到當年的繁榮景象。

武器廣場 Plaza de Armas

武器廣場和附迎的聖
馬丁廣場 Plaza San
Martin 一帶的市中心，
是利馬的歷史城區，
1988 年被列入為聯
合國世界文化遺產。

如大部分的南美
國家，在殖民時期，以
武器廣場為城市中心，它
的規劃如棋盤狀的城市設計，

武器廣場

廣場中心有噴水池，四周環繞著有利馬大教堂 Basilica Catedral
Metropolitan a de Lima 和大主教辦公室 Palacios Arzobispal
de Lima，利馬市政廳 Palacios Municipal de Lima，秘魯軍政
界的會所總部 Club de la Union 和總統府 Palacios de Gobierno
等等。

南美洲

武器廣場附近的殖民時期建築物

武器廣場後面是總統府

武器廣場

從這路向前走便是榮譽小廣場

我們那天因下午才到達武器廣場，所以每天正午時分總統府的衛兵換班儀式已過，要待過幾天後，我們從 Paracas 和 Nazca 回來後才可看了。

武器廣場是秘魯政府的權力中心，我們在那裡遊覽時發覺廣場的四角，都駐有很多拿住盾牌，荷著長槍的士兵站崗。初時，有些緊張的感覺，但後來發覺週圍的遊人很多，他們都好像不當一回事，也就泰然處之了。可能這樣，這裏的鼠竊狗偷都不敢露面喇！

從武器廣場向着東北角走，就是榮譽小廣場 Patio de Honor。那裏有羣本地的民眾聚在一起唱歌跳舞，熱鬧非常。庭院的旁邊，有個臨時搭建的大大的帳幕，裏面原來是多攤檔式的食肆。

榮譽小廣場

搭建作食肆大帳幕的入口

哈！我們在那裏找到秘魯獨有的
美食：天竺鼠 cuy（廣東話讀作
「孤兒」），真想立刻試試此美食。
不過，由於剛由拉巴斯到來，高
山症的折磨仍留有餘悸，不敢隨
便嘗試新食物，怕有不良反應，
所以還是遲些時，忘記了痛苦，
再嘗新東西吧！

天竺鼠 cuy

從榮譽小廣場 Patio de
Honor 往外走，就是雷馬斯河
Rio Rimac，河的對面是
半山區的貧民窟。兩岸
由一條行人天橋和一
條大的行車天橋相連
接着。

河對面的半山區貧民窟

秘魯中央銀行博物館
Museo Banco Central de Reserva del Peru

秘魯中央銀行博物館就在武器廣場的東南角，我們在那裏看到很多早期秘魯銀行發行的錢幣和銀行發展的歷史，在此博物館二樓，還展覽了很多秘魯的名畫和藝術品。這博物館免費入場，但背包和手攜物件必須放在隔鄰一座的展覽廳儲物處。

秘魯中央銀行博物館

博物館內的銀行櫃台

離開博物館時，剛遇到一隊街頭表演秘魯山區舞蹈的隊伍。在武器廣場附近，很多時都會偶到不同表演模式的街頭表演者，可說是個另類的藝能表演大雜會場地。

黃昏了，是時候回酒店準備明天早上乘車到利馬南部 247 公里處的柏拉卡斯 Paracas，秘魯的唯一海洋生態保護區。

表演秘魯山區舞蹈的隊伍

第二十五站 柏拉卡斯 Paracas 與 納斯卡線條圖 Nazca Line

☆送你座金山銀山，讓你富貴一生？☆

柏拉卡斯 Paracas，是秘魯唯一的海洋生態保護區。有人說：「到秘魯的柏拉卡斯 Paracas 旅遊，就差不多等于到南美的加拉巴哥斯 Galapagos 群島旅遊，都是看海獅，海鳥的海洋動物，但這裏就方便和平宜得多了。」我

沿途的沙石礦場

們未曾到過的加拉巴哥斯群島 Galapagos 旅遊，因真的很貴。但在柏拉卡斯的遊玩，看海獅，海鳥的海洋生態之餘，更看到秘魯的金山，

秘魯的五彩金山

銀山，銅山，鐵山，錫山的五金彩山，就已令我欣喜若狂。以前常聽人說：「送座金山，銀山給你富貴一世。」以為天荒夜譚。哈！原來在秘魯，真的到處是金山，銀山，不過如果真的是祇送座金山銀山給你，要你自己一人開發，我想，看著擁有的金山銀山，冇人幫你，到時不是富貴死，而是餓死，因金山銀山，全無綠色食物的生命資源。

沿途的小士多

本來柏拉卡斯與納斯卡線不是這次旅遊的原來計劃，但因高山症而取消了原本在高原遊玩的計劃，剩下的時間便即時改變旅遊地點，在秘魯各地區遊玩了。

1月14日早上，我們從利馬乘車到南部的柏拉卡斯 Paracas，車程約 3.5 小時多，車費約 HKD78/ 人，是雙層巴士。

車離開市區後，就開始見到沿途的沙石礦場，塵土飛揚，沙塵滾滾，偶爾有三，兩間小士多，販賣樽裝水和小食給來往的車司機或礦工。這裡一片荒蕪，一座座灰黑或銀白的山，偶然都看到遠處陽光燦熠下金色的山，就是沒有綠色山脈的踪影。車沿着海邊向前行。約中午時分，我們到達柏拉卡斯鎮。

我們會在柏拉卡斯停留二晚，明天一早會到納斯卡小鎮一天遊，坐小型飛機看納斯卡神秘線畫。

柏拉卡斯旅遊巴士總站有個旅遊咨詢中和服務中心，在那裏訂了明天往返納斯卡小鎮的巴士票，來回票價為 HKD64/ 人，單程需時約 3 小時 50 分，所以要早班車去 07：25，回程最後一班是 16：30 返回柏拉卡斯。也順道訂了小型飛機套票，從空中欣賞神秘的納斯卡線條圖，票價 USD70/ 人，包的士從納斯卡巴士總站到小型飛機場，和 4 至 6 位的客人同坐一架小型飛機，包看十個以上的納斯卡線條圖（飛機套票價錢，在到達納斯卡鎮時才需繳付）。

納斯卡線條圖 Nazca Lines

納斯卡線條圖是位於納斯卡沙漠上的巨大地面線條圖形畫，在秘魯的納斯卡鎮和帕爾帕市之間，伸延 53 英里。在 1994 年被聯合國教科文組織列入為世界文化遺產。據考古學者認為，該些線條圖畫，建造年代約為公元前 700 至 400 年所創

準備上小型飛機看納斯卡線條圖

造，由簡單的線條排列上各種圖形，如魚，螺，蜘蛛，蜂鳥，猴子和太空人等等。因其面積之大和在渺無人煙的沙漠上作畫，所以有許多學者推測關於這些線條圖的製作方法和動機，有些推估可能是安地斯山的祈雨儀式，有些更說是外星人到地球來的印記。哈哈！想像力真豐富。

納斯卡線條圖索引圖紙

1 月 15 日中午到達納斯卡小鎮的巴士總站，一個懂說英語的秘魯男子在等候我們，登上小汽車後，原來接我們的男子是司機，他說 4 至 6 人的小型飛機連接載的士費要每人 90 美元，如小於 90 美元的要等到有 12 人一組才起機，看的線條圖也只有 10 個，所以游說我們坐 4 至 6 個客人的小飛機，可以看 15 個圖形，每人需付 USD90。我們怕久等無人時會耽誤回程時間，所以答應了。

上飛機前付清費用。與我們同坐小型飛機的是一對秘魯小情侶。飛機上有二個機師，一正一副，副的給我們講解將會看到的線條圖畫。在飛行途中，更會指導我們往那方向看。小型飛機在空中飛翔，初時往下看到的是

從空中俯瞰納斯卡小鎮

連綿山脈，跟著看到的是一個一個簡單線條的圖案畫，如上機時副機師派給我們的索引圖紙一樣。這些線條圖畫真的很大，也很奇特，我們在空中往下看，也很驚訝於它們在二千多年前製作時的艱巨。

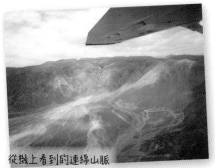

從機上看到的連綿山脈

像蜂鳥的納斯卡線條圖

飛機在天空上遨翔了約半小時，我們便回程到小型飛機的機場了。在等待剛才接我們的司機接載我們回巴士站時，我與兩位剛才與我們同坐小型飛機的情侶交談，他們只懂說西班牙語。在懂小小西班牙語的我在交談中，了解到這對情侶的收費是 USD75/ 人，包含的節目和服務和我們一樣，也會與我們同坐一輛車回巴士站。我於是在回程的途中，與收我們套票費用的

司機理論，因我們在柏拉卡斯的巴士總站旅遊中心訂小型飛機套票時，中心職員也說是 USD70/ 人，他現在收我們 USD90/ 人，是否過份了。他在支吾以對後說，還我和外子每人 USD10，即小型飛機套票是 USD80/ 人，我們接納了，這就當是每人給他 5 美元 Tips 作翻譯之用吧。怪不得這司機在我們剛到納斯卡市時，第一時間就問我懂不懂西班牙話，原來無論那裏，濫收費用是普遍旅行者面對的問題。

回到巴士總站，還有些時間才等到我們上尾班車的時候，於是和這對情侶一同在納斯卡小鎮內吃了一頓地道午飯，有豆湯，有海鮮，很有地道特色，也算美味。飯後在小鎮上逛了逛，這個小鎮真的很小，祇有幾條街，也只有數家旅遊小店，士多和餐廳。

16：30 是尾班車從納斯卡鎮回柏拉卡斯鎮。回程的路途感覺上比來程時驚險，巴士在上山落山的崖邊駛過，聽說巴士要在落日前回到目的地，否則，意外容易發生，因大部分的山路都是沿着光秃秃的礦山崖邊建造，又沒有路燈，天暗下來時，失事率很高。

晚上的柏拉卡斯沙灘

回到柏拉卡斯鎮已是晚上八時多了，鎮上的沙灘仍然很熱鬧，這裏的人也很友善和純樸，因這個鎮很小，除了生活在這裡的原居民外，就是遊客了。旅遊是他們的主要收入來源，罪案是打擊旅遊業的最大元兇，誰願意自己的飯碗受損呢！

在柏拉卡斯鎮的二晚，都是住在修士住宅酒店（當地 3.5 星級，HKD480/ 晚，連早餐）酒店的營運其實像修士旅館多些，服務人員很好，很友善，雖不懂英文，但盡量明白客人所需，又盡量做到最好。

修士住宅酒店內

1 月 16 日早上，由酒店的人員帶領，去到乘坐小艇前往海洋生態保護區的碼頭，（就在沙灘的盡頭，海濱廣場前，近巴士總站的方向）排隊上船，參加到海洋生態保護區看海獅和海鳥的海上旅行團，秘魯幣 35PENsol/ 人，包機動船票，英語導遊費，全程約 3 小時，每船約坐 60 至 70 人。是個很超值的海上旅遊團。

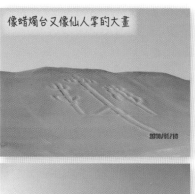

像蠟燭台又像仙人掌的大畫

金銀赤紫色的山體

烏黑色的山體

柏拉卡斯海洋生態保護區

　　船從碼頭開航，首先影入眼簾的是棵像蠟燭台，又像仙人掌的大畫，有約 120 米，在對岸光禿禿的赤紫色的山上呈現，有考古學家認為這是導航用的航標，又有人認為是外星人留下的印記，數百年來未曾因風沙而改變其形狀。船繼續往前行，跟着看到的是無數金色的，銀白色的，烏黑色的，紫紅色的山體，在海中，在海岸線邊受著啪啪的浪打。

　　出了海岸線，機動船飛快的向前行，四十多分鐘後，就開始看到零星的小島嶼，和岩石羣。一羣羣的海鳥，據說有 600 多萬隻，當中有火烈鳥，海鷗，鵜鶘等等，在岩石羣和小島上結巢，或在附近的海面上飛翔。偶然，導遊指著躺在沙灘上或岩石間的海獅，海豹，企鵝，我們的攝影機，手機不停的拍攝着，船上的孩子和他們的母親也不停的叫囂著。呀！大家都很興奮，有時還要勞煩導遊叫各位客人坐回自己的坐位中以策安全呢。有些海島，由於經年來海浪不斷的拍打和侵蝕，已形成穿通的洞口，是最佳的攝影鏡頭下的攞景對象。

　　下午離開柏拉卡斯返回利馬，有些不捨，早知這裏如此好玩，會在此地停留多一晚。

岩石上結巢的海鳥

收集鳥糞的木架上站滿了海鳥

被浪擊穿成洞的岩石

躺在沙灘上的海獅家庭

南美洲

第二十六站 利馬 Lima (2)

☆螳臂擋車，如何能不滅亡？！☆

1 月 16 日晚返回利馬，也是入住之前住過的安德斯馬酒店，我們的大型行李寄存在此，這兩天到柏拉卡斯和納斯卡遊玩，只帶了每人一個背包，輕便得很。

教宗到訪利馬大教堂

在回程途中的巴士上，搭訕了一個秘魯醫生，他能說流利的英語。閒聊中，他強力推薦我們到秘魯北部的兩個市鎮遊玩，一個是乘 9 小時車程的特魯希略 Trujillo，一個更遠，要乘 13 小時車程的奇克約 Chicalyo。他提議可考慮乘晚間的旅遊大巴臥舖去。晚上上車睡一晚，明天就到了。這裡除了有著名的沙灘外，還可以看看秘魯在殖民時期之前的歷史。我很感興趣，謝過他後，回到利馬，便開始安排去他介紹的兩個市鎮遊遊。

本想坐飛機到這兩小城鎮，不過不知為何，信用卡不能在網上買到機票，只好坐夜車臥舖。第二天晚上的臥舖巴士車票已客滿，只好買第三天的，即 1 月 19 日晚起程，坐 13 小時的夜車（晚餐連臥舖，車費 95PENSol/ 人）到最遠的 Chiclayo 遊玩二天，在 1 月 21 日再坐 3 小時 50 分車（VIP 坐位，車費 58PENSol/ 人），到 Trujillo.

遊玩三天。在 1 月 25 日晚坐臥鋪車（晚餐連臥鋪，車費 85PENSol/ 人）回利馬，因我們原來的計劃是在高原地區玩到 1 月 26 日才飛回利馬，之前已在港訂了三晚在利馬的另一間酒店，要 1 個月前通知取消，否則已付的房租不可退還，所以我們要在 1 月 26 日回利馬。

拿著盾牌和長槍的警察

1 月 17 日早上，先到商場內的長途巴士售票處買車票，繼而再重回利馬武器廣場，再慢慢遊這個充滿殖民時期氣息的政治和經濟中心。那天，剛好是現任教宗聖方濟教宗到訪南美洲各國，利

坐在梯級上的山地人

馬是第一站。今日教宗將會到訪武器廣場的利馬大教堂 Catedral de Lima。我們本想進入大教堂參觀，因上次來時，大教堂內的主教堂因事關閉，所以今次重臨，就是想到主教堂內敬仰一番，但因教宗到訪，主，副兩個教堂都閒人免進。

其實，當天，整個武器廣場的氣氛都在熱鬧中透著緊張。周邊四角拿著盾牌和長槍的警察明顯的比上次多，還有來自山區穿了傳統印地安服裝的山地人也明顯多了。聽說，這些山地人是來朝見教宗之餘也作某些要求的，所以利馬政府特別緊張，怕他們鬧事。我們有見及此，便離開這個核心地帶，到附近的其他旅遊點逛逛了。

南美洲

秘魯文化之家 Casa de la Literatura Peruana

秘魯文化之家

秘魯文化之家的前身是一幢火車站，現已化身成為一間收藏了很多秘魯舊報紙，雜誌和書籍的圖書館。在這開放式的空間裏，你可以隨便翻閱更多有關秘魯的文化和歷史書籍。在這建築物內，它美麗的拱型玻璃彩圖天花，是我最喜歡和欣賞的。

秘魯文化之家旁邊是地窖和街區博物館Museo de Bodega y Cuadra，但關門了。當天很多博物館都因教宗到訪而關了門，如我們路過的國會和宗教裁判所博物館 Museo del Congreso y de La Inquisicion。我們只好在附近街上逛逛。

文化之家內的拱型玻璃彩圖天花

很想吃秘魯的天竺鼠 cuy，於是再次走到河邊區的榮譽小廣場。榮譽小廣場旁邊臨時搭建的美食廣場大帳幕不見了，美食攤檔也不見了，想吃天竺鼠的希望也落空了，載歌載舞的人羣也不見了。想想，可能是教宗到訪要清場，又或是祇在週末的日子才會有。有時，到外地旅遊，遇到你心儀的東西，就要買或嘗試，否則，機會過了，就不容易再來。

教宗到訪的緊張氣氛，漫延到離武器廣場頗遠的弗迪里科比拉里爾國立大學 Universidad Nacional Federico Villarreal 週圍，這裡方圓數條街道，都佈滿了拿盾牌荷真槍的警察，可能怕熱血的大學生們有所行動，作出令國家有損或教宗尷尬的行為吧。

加強保衛的國會大樓門前

南美洲

1月18日，酒店推介我們去利馬的黃金博物館 Museo Oro del Peru。這博物館離酒店頗遠，可以坐巴士到訪，但我們選擇了由酒店叫的士到達。利馬的的士很奇怪的，指示的士的燈箱牌可以隨時由司機需要時在車內拿出來放上車頂，的士也沒有指定的車身顏色，車內更沒有顯示行車里數和價目的讀數儀表，街上隨便的一輛車都可以是的士，所以一定要議價後才坐上車，或者由酒店幫忙叫，這是最安全和合理。

秘魯黃金博物館大門

秘魯黃金博物館 Museo Oro del Peru

秘魯黃金博物館是利馬市內著名的博物館，但因它不與旅行社掛鈎，所以我們到訪時，參觀的人數不算多，我們可以慢慢欣賞。

這博物館是由米格爾穆希卡加洛將一生中持續不斷收藏的珍物建成了一所博物館，他又將這博物館捐贈給秘魯國家，再由他名下的基金會管理。門票33PENSol/人，約USD10/人。

黃金博物館 Museo Oro del Peru

黃金博物館

這博物館收藏了八千多件奇珍異品，主要來自秘魯北部海岸的考古遺址。這位令人敬重的收藏家，因驚嘆於秘魯千年歷史的工匠手藝文化，而搜集和收藏這些寶貴的遺產，也是對秘魯在哥倫布時期前的文化的一種尊重。博物館門收藏了很多貴重金屬，如金，銀，鉑片，紡織，陶瓷，木乃伊，秘魯木乃伊和別的珍貴物品。

武器博物館 Museo de Armas

黃金博物館內除了收藏上述所提的黃金珍貴物品外，也收集了無數的世界各國的武器，最老的是公元前十三世紀的。在此武器博物館內，展出有兩萬種不同時代和不同國家的武器，我們就在這裏看到中華人民共和國建國元首毛澤東主席的隨身小手槍，和藏有暗器的手扙。這個博物館的武器數量，質量，謹慎的維護工作和武器原持有人的身份等等，令它被認為是這個領域內最重要的世界博物館之一。這裏除了武器，也有戰服，馬鞍，裝甲，馬刺和其他標記時代的東西。

黃金博物館外的小花園

在這武器博物館展品當中，最令我感慨萬分的，是在十五世紀時期，當西班牙人入侵秘魯時，秘魯人抵禦入侵者時用的長矛，刀，劍，石斧和弓箭等作為抵禦武器，而當時的西班牙士兵已用槍炮火藥了，真的是螳臂擋車，如何能不滅亡？！

我們在這博物館溜覽了一整天，還意猶未盡，疲倦了，就坐在館外的小花園休息片刻，又進入館內慢慢欣賞。我和外子到世界各地遊玩時，都很喜歡參觀各地的博物館，如大英博物館，真的很精彩，但這個兩層小平房，不太顯眼的黃金博物館，卻令我讚嘆不已，特別是在那裏展示的，女仕們在十五至十八世紀，騎馬時踏在腳下的，精緻可愛的，鐵鑄造成的通花腳踏，美麗得令人不想移開視綫。可惜館內嚴禁拍照，錄影，否則一定拍下照片與各位共賞。

南美洲

1 月 19 日黃昏，會乘夜車到北部近邊界的奇克約 Chicalyo 城鎮。早上享受完豐富的早餐後，便安排大型的行李留在酒店內，我們每人背一個小背包到秘魯炎熱的北方作 5 天短程旅遊了。

一切安排妥當後，還有幾小時的空閒時間，便在酒店附近的甘乃迪紀念公園走走，輕鬆一天。

早餐上的熱情果

甘乃迪公園 Parque Kennedy

甘乃迪公園是紀念美國已故總統甘乃迪於在位時曾造訪秘魯的利馬而建造。在公園旁的美拉哥羅撒貞女教區教堂 Parroquia Virgen Milagrosa 也因教宗將會到訪而關門準備。我們看見很多工人在公園清潔和更新花圃內的鮮花，把這個公園內的花圃和鄰近相連的美拉弗洛雷斯中心公園 Parque Central de Miraflores 內的環境換然一新，迎接教宗的到來。

甘乃迪公園內的甘乃迪總統像

美拉弗洛雷斯區 Miraflores

美拉弗洛雷斯區是利馬的新城區，有新式的高層玻璃幕牆大廈、五星級酒店、大商場、咖啡店、食肆、麥當奴漢堡包等等，林林總總的商鋪，售賣各種時尚產品，有專屬的巴士專用線，所

工人在公園內清潔

以從這裡到 Lima 市的武器廣場或其他各區都很方便。這裏有點像香港的中環區，卻沒有中環區的急趕。

黃昏時份，我們便乘車到長途巴士總站，準備乘夜車到奇克約 Chiclayo 了。

Pimentel 海灘上的漁市場

第二十七站 奇克約 Chiclayo

☆內心是發泡膠的蘆葦草船☆
☆王死，妻兒齊被殉葬的西藩王朝☆

南美洲

皮敏得爾 Pimentel 沙灘

奇克約 Chiclayo 是秘魯北部林貝也基 Lambayeque 省的一個主要市鎮。是秘魯北部的文化和經濟中心，也是秘魯的第四大城市。鄰近南太平洋，有利交通及港口活動，及連接首都利馬和鄰國厄瓜多爾及東部其他城市的要塞。它擁有美麗的沙灘，也有遙遠悠長的歷史文化，它的周邊就有奇穆文化 Chimu 和莫切 Moche 文化的考古遺址，其中西班王陵，還保存得十分完整呢。

1月20日，早上，到達奇克約，坐的士從巴士總站到索樂克商務酒店，（當地3星級，房價 HKD310/ 晚，包簡單早餐）車費 15PENSol 單程。在酒店參加了一個1月21日的西藩王朝歷史遺蹟一日遊。（費用 75PENSol/ 人，包車，包說英語的導遊）在酒店安頓好後，便到附近的街道乘小巴到靠迎海邊的 Pimentel 海灘走走，（單程車費 1.5PENSol/ 人）車程 20 分鐘。

皮敏得爾 Pimentel 的沙灘

位於皮敏得爾 Pimentel 的沙灘，有長長的黃沙覆蓋，面臨南太平洋，是享受陽光與沙灘的理想之地之餘，更是滑浪勝手的天堂。在長長沙灘旁的餐廳，更可品嘗各種美味新鮮的海鮮。

穿著奇怪的船夫

等待買魚的太太們

我們在沙灘的餐廳品嘗海鮮午飯之時，突然看見遠處有艘機動快船，裝滿一條條的東西，從西北方向的太平洋海面向着沙灘駛來，就快到岸邊時，機動船上的一條條東西很快被放下海面上，很快的這一條條的東西向着沙灘衝上來，衝近了一看，啊！是獨木舟，有二十多條比賽般的獨木舟划近岸邊，再看清楚，是在高原「啲啲喀喀」湖上出現的蘆葦草船！我們十分興奮，想必是有比賽划蘆葦草船的節目在舉行吧。趕快的吃完午飯，便走過去看熱鬧了。哦！沒有頒獎台，沒有主持人，只看見那些穿著奇怪的船夫將蘆葦草船趕快的拖上沙灘，再走近他們身旁看清楚，啊！

原來是趕回來賣魚的漁夫，有些已經搶閘式的擺好攤檔，把還在跳躍的魚獲放在草船上販賣，有很多衣著光鮮的太太們已經在等着光顧喇！哈！真大鄉里，原來這裏是著名的海鮮零售市場，很

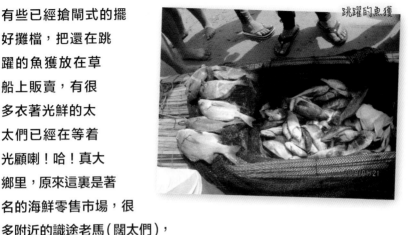
跳躍的魚獲

多附近的識途老馬（闊太們），一早就駕駛自己的私家車前來這裏，等待購買這些剛從太平洋打魚回來的漁夫的漁獲。我也襯熱鬧的用了 20PENSol 買了 5 條跳紮紮，10 至 12 吋長的魚，其中有條是老鼠班呢。哈！真好玩，其實我們剛吃完午飯，肚子不餓，魚又是生的，怎辦？是因為有位餐廳的女侍，不停的在旁游說我買，說 10PENsol 幫我處理好它們至檯上有得食。噢！好喇，實在好抵買，又好想吃，

餐廳內飽嘗美食

吃不完，打包回酒店再吃。不過到餐廳要她們煮時，坐地起價，要我 20PENSol。吓，騙我！最後終以 15PENSol 煎 5 條魚上枱，算啦，人家都要賺，要生存的。

在餐廳內飽嘗美食後，便在沙灘上到處走走，拍拍照。這時我們才發現這些蘆葦草船，內心原來是發泡膠，外圍鋪了蘆葦草再紮成彎彎的的尖頭船吧了。還有每天這些蘆葦草船從海上划回來後，都要放在沙灘上曬太陽，否則很快蘆葦草就會腐爛，船也不能再用了。

內心是發泡膠的蘆葦草船

在沙灘上曬太陽的蘆葦草

莫切文化 Moche

莫切 Moche 文化起源於公元一世紀至七世紀，覆蓋了秘魯北部沿海地區，是古代南美洲印第安文明之一，比印加 Inca 文明還要早近千年。考古學家在秘魯北部奇克約周邊地區發現了神廟遺址和墳墓，其中以西藩王的墳墓陵最出名。我們這次就是參加了一天團的西藩王古墓陵和博物館遊。

西藩王古墓陵

早上，旅行社的專車到酒店接載我們到市中心會合其他團友，大部分是由秘魯其他地區來奇克約旅行的本地人，連我們在內，約有十人，導遊雙語講解，西班牙語和英語。我們首先到古墓陵山頭，沙塵滾滾，但也算將已發掘出來的墓坑保存得不錯。導遊帶領我們參觀從墓陵發掘出來的，當年西藩王墓坑內的殯葬情形。通常都是王者在中間，左右兩旁有妻兒相伴陪葬，在王者腳下和斜放著的是陪葬的妾侍。導遊說，根據墓葬的格式，當時一個王死，他的直系親屬也必須陪葬，妻子和妾侍是必定殉葬的。在其中一個墓葬中，有一個約十歲大的男孩葬在王者右手旁，我問導遊這是誰，他道，根

西藩王古墓陵

西藩王墓坑內的殯葬形式

據墓葬形式推斷，王者死時這孩子應該是他的孩子或幼子，即如王者死時，他的長子繼位，幼子必須隨父殉葬；如王者死時，兒子尚幼，由他人繼位，則兒子也會隨父去而殉葬，很殘忍，是不是？這就是自古以來權力斗爭下的無奈！

我們之後去了三個博物館，其中二個有關西藩王朝的博物館，一個秘魯國家考古博物館。

西藩烏亞卡華夏德現場墓葬博物館
Museo de Sitio Huaca Rajada-SIPAN

西藩烏亞卡華夏德現場墓葬博物館

西藩烏亞卡華夏德現場墓葬博物館內展示的珍貴物品，是從我們剛遊過的古墓羣中發掘出來，由此，我們可以看到秘魯在千多年前的經濟文化發展，也是個相當發達的王朝，他們的金器，銀器，銅器等等的設計和發明，都是手工精美，藝術價值很高的文物，不過真的只限於生活應用物品和裝飾，文字和犀利武器則沒有，真是可惜！

文字是記載歷史的最重要工具，沒有了文字，很多事和物的發生都會被遺忘，有時靠在遺蹟中發掘出來的物件，作合情理性的推斷，但說服力不免減弱，因推斷可從不同角度思考，得出的結果當然亦各異，這樣就減低了真實歷史的準確性了。

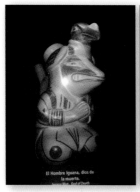

現場墓葬博物館內的展品

西藩王室墓葬博物館
Museo Tumbas Reale de Sipan

西藩王室墓葬博物館，顧名思意，就是展覽王室的珍貴品物，都是從王室墓陵中發掘，所以大部分的展品都是王室專用的金，銀，寶石等首飾，用品和刀劍等。珠光寶氣，極盡奢華，都是昭顯王權勢力，神聖不可侵犯的一面。其中在博物館內

西藩王室墓葬博物館

展示最多的，要算是王者裝放在鼻下，蓋著嘴巴上的黃金薄片，原來這薄片的作用，是當王者對大臣們或羣眾說話時，沒有人可以看見他的嘴唇郁動，再者，當他發聲說話時，音波在他唇上的薄薄金片上反彈和震動著發出回音來，這樣就可以增加他說話時的音量和震攝效果，信不信！你試試。

王者蓋著嘴巴上的黃金薄片
2018/01/22

王者穿的玉石金縷衣

王者用品黃金頸項

布魯寧國家考古博物館
Museo Arqueologico Nacional Bruning

布魯寧國家考古博物館

這所布魯寧國家考古博物館內的藏品，是秘魯政府於 1920 年代，從考古學家布魯手上購買回來，包括他在秘魯北部發掘到的各種品物，包括王室，貴族，平民，從古至今的用具和器皿，也有他在期間拍攝到的相片。這裏的藏品，包括了莫切 Moche，奇穆 Chimu，比蘇斯 Vicus 和林貝也基 Lambayeque 文化，也有部分的印加 Inca 和查文 Chauvin 文化和現在秘魯的發展，藏品相當豐富。

由於一天內看了三所大博物館後，人也覺疲倦了，所以在這所考古博物館裡參觀，也只是走走，看看吧了。如果有時間的話，分開不同的日子來細心欣賞，將會獲益更多。

博物館內的鐵劍

博物館內精美的金飾物

武器廣場全境

第二十八站 特魯希約 Trujillo
☆曾是盛世的「昌昌古城」和莫切文化☆

特魯希約 Trujillo 是秘魯北部的沿海城市，也是秘魯第三大城市，位置在利馬與 Chiclayo 之間，乘旅遊大巴從 Chiclayo 到 Trujillo，要 4 小時車程。

1 月 22 日下午，到達特魯希約，從巴士總站到利博塔德爾酒店 Hotel Libertador Trujillo（當地 5 星級，房價 HKD853/ 晚，連早餐），單程的士收費 15PENSol。

酒店就在市中心的武器廣場旁，我們的房間窗外可以望到整個武器廣場。大主教堂 Catedelicio 就在酒店隔鄰，這裏就是特魯希約市中心了。

入夜後的武器廣場

武器廣場 Plaza de Armas

如很多的南美國家一像，每個城市都有一個武器廣場，在每個武器廣場中央都有一座紀念碑，武器廣場的四週必有一座大教堂，教堂旁就是政府機構建築物，跟著是銀行，博

入夜後的行人專用街道

物館，高級酒店等等。這裡特魯希約的佈局也差不多，不過，很多政府機構和博物館都改成了旅遊社或商鋪。我們在廣場溜連了一個黃昏，發覺這裏多是本地人或從其他省分到這裏來遊玩的秘魯人，外國人不多，中國人更少。

我們在武器廣場走到週邊的行人專用街道。入夜了，人很多，食肆也多，商鋪林立，熱鬧非常，街頭藝人也開始工作了。我們就在附近的小店吃了頓有秘魯特色的漢堡包。這裏的治安，看來不錯，我們晚上在街上溜到九時多才回酒店休息。

有秘魯特色的漢堡包

昌昌古城遺址 Chan Chan

到特魯希約旅遊的人，一定會到昌昌考古遺址一遊，它在特魯希約的東方五公里處，是奇穆王國的首都。於公元 850 年至 1470 年間奇穆人形成了自己的文明，在秘魯北部建立了自己的帝國。在 15 世紀初時達到歷史

昌昌古城

上最為輝煌的時期，它的城市規劃是當時拉丁美洲最大的。覆蓋的面積約有 20 平方公里，內有十個護城牆的城堡，這些城堡用作禮儀，葬禮，廟宇，貯水及居住。但在 15 世紀後期，它就被印加 Inca 帝國所滅。

1986 年聯合國教科文組織將昌昌古城列為世界遺產，名為昌昌城考古地區。

昌昌古城遺址一角

酒店的服務員指導我們在酒店後的數條街，出了城門，在舊城區的大街上，就可以乘坐往烏亞查哥 Huachaco 海灘的小巴（車費 2.5PENSol/ 人），中途下車，就可以到達昌昌古城的入口小路。從入口小路到達古城遺址區要走長長的一條黃沙路，約二十分鐘的步程，沒有任何遮陽設備。到達古城遺址的售票區，有奇穆王的塑像，可以拍個照。售票處有導號可僱用，懂英語的導遊費用是 50PENSol，入場費 10PENSol/ 人。

奇穆王的塑像

古城內的鳥和網圖案

我們僱了一個懂英語的導遊，帶我們進入昌昌城考古地區和講解古城的文化。在古城內，看到很多用黃泥沙磚起建成的城牆，最高的可高達 50-60 呎，分劃開一個個城堡區域。城堡的盡處可以聽到太平洋的浪聲，但我們的視線被城牆阻擋，看不見海岸。古城內的城牆上留有很多圖案，鳥，魚，網等等，反影了奇穆人民當時生活在臨海地區的生活模式和小節。

南美洲

昌昌實地博物館內的展品

昌昌實地博物館
Museo Sitio Chan Chan

　　昌昌實地博物館離昌昌古城遺址不太遠，但一定要乘車到達，單程的士車費 15PENSol。博物館內所展示的物品不太多，有很多都是複制品。考古學家曾於昌昌古城內發掘到金屬器具，陶器和紡織品等，顯示了當時文化的文明。但西班牙殖民時期，很多文物都被盜走了。

烏亞查哥海灘 Huachaco

　　到昌昌古城參觀，不妨也順道遊遊烏亞查哥海灘。由剛下車駛往昌昌古城小路的小巴站處，再乘往烏亞查哥海灘的小巴向前行駛到總站，約 20 分鐘，就到達特魯希約的烏亞查哥海灘渡假區。

烏亞查哥海灘

　　烏亞查哥海灘面臨南太平洋，有些像 Chiclayo 的 Pimentel 沙灘，不過熱鬧很多，有出租蘆葦草船作衝浪獨木舟的攤檔和沙灘小販攤檔，週邊的渡假旅館和食肆林立，也是吃海鮮的好地方。不妨試試當地有名的秘魯沿海菜式魚生吃法 cebiche 啥必查，這是以新鮮魚，

蝦，魷魚為食材，加入檸檬汁，碎洋蔥，碎辣椒和碎香菜等調味而成，味道鮮美，清爽可口，如不怕生吃海鮮，值得一試。我們也在那裏吃了個午餐呢。

秘魯沿海菜式 cebiche

南美洲

太陽和月亮神廟 Huaca del Sol y de la Luna

1月24早上，我們得到酒店服務員的指示，到酒店另一方的乘車處，乘小巴到太陽和月亮神廟的遺址所在處，小巴車費5PENSol/人。

現時，太陽神廟仍未開始發掘，所以我們只可參觀月亮神廟和附近的莫切博物館。考古學家相信太陽神廟是莫切時期的政府行政中心，而月亮神廟則是莫切人敬拜神靈，禮儀和殯葬的宗教地方。太陽神廟與月亮神廟遙遙相望，莫切人民的首都和村落則處於兩廟中間。

太陽神廟埋在這個未開發的山下

月亮神廟的門票包括參觀莫切博物館，月亮神廟已掘開的部分和英語導遊，門票 30PENSol/ 人。

月亮神廟隱藏在我背後的黃土山下

月亮神廟的入口處

月亮神廟隱藏在黃土山下，我們由導遊帶領進入，看見山下廟內的土牆都是以當地的黃泥沙為磚建成，牆身刻有圖案和有彩繪畫，雖已有千多年歷史，但有很多還可以清晰的看見繪畫的內容和顏色。聽導遊解釋莫切人的文化，是當一代的王死了，他們會將死去的王埋在廟內，然後將此層的廟封了。再在封了的廟層上面加蓋一層新的神廟。如此類推，所以這個被發掘的廟就有很多層，每層若細心觀察各畫像圖案，都可發覺他們有不同朝代的特色。

導遊帶領下進入月亮神廟

南美洲

多層牆身上刻有不同朝代的畫像和圖案

月亮神廟內的彩繪圖案

莫切博物館 Museo Huacas de Moche

參觀莫切博物館，
館內的展品，展示了莫
切文化的進程，當時的
生活用品和飾物，不
過，很奇怪，他們幾乎
沒有武器展覽，不知這
裏的民族，是否真的如
此和善，和平共處數百
年而毫無戰爭呢！因
館內不准拍照，所以只
在門外拍照算了。

莫切博物館

　　1 月 25 日早上起來，吃過早
餐後，便收拾行裝，把較重的行
李寄存在酒店後，便準備去服務
員預早給我們訂位的帽子餐廳去
吃午餐，兼欣賞這裡最出名的民
族舞瑪利安娜 Marinera 表演。
這間餐廳離酒店不太遠，步行要
30 分鐘，服務人建議我們坐的士
去，但我們有時間之餘，還喜歡
步行去，因在步行的途中，可更
了解這個城市真實的一面。過去
幾天在秘魯旅遊的感受，這裡的
治安比其他大城市安全得多。

出此城門就是持魯希約的舊區街道

在街上幫人填表的秘魯人

行行，拍拍，攝攝，市內的設計和建築物，仍停留在西班牙殖民時期的佈局，教堂，市政廳，劇院，民居，都如百多年前的西班牙小鎮。

秘魯的人民，也如他們國家內的山體地理環境一樣，那麼剛實，直接。他們友善，但沒有巴西人的熱情，雖然聰明但沒有阿根廷人的睿智，雖然不富有，但比智利人快樂。

帽子餐廳午餐 Sombrero Resturante

帽子餐廳，是一座二層高的平房，樓下樓上都是餐廳，樓下餐廳正中有個舞台，舞台四週擺放檯椅，樓上也是有檯椅圍著欄杆，朝著舞台擺放，所以樓上的客人也可看到表演。

帽子餐廳內觀看 Marinera 舞

我們進入時，餐廳已經客滿，我們被安排坐在在舞台前正中的檯椅，是酒店服務員預定時的友好要求吧。餐廳內坐滿的，看來都是本

地的秘魯人，或從其他省份來的秘魯旅客。我們坐下點餐，餐價是一般中等餐廳的價錢，我們叫了燒魚，燒排骨套餐，一枝啤酒，埋單時是 125PENSol，看表演的費用已包括在內。

餐廳內表演的是秘魯的民族舞和國舞 Marinera，我說是國舞，是因為在秘魯境內，到處都可看到有人跳 Marinera，有表演的，有即興的。這種舞蹈是由一男一女跳，男的手中拿著帽子，女的拿著手拍，跳起來

美妙舞姿的觀眾表演

好像二隻活潑的，青春期的小鳥，在不停的施展渾身解數挑逗對方。我們在特魯希約的這幾天裏，就知道市政府正在舉辦了一項跳 Marinera 舞的比賽呢！我本想看比賽的，但酒店服務員說表演預賽和決賽的座位都已客滿，且票價亦很高，位置不佳的都要 400PENSol，所以才退而求其次，到這裡來看表演。

台上的舞蹈員在 12：30 左右開始表演，他們的舞跳得很美，舞蹈步伐純熟。表演過後，得到台下熱烈的掌聲，也得到觀眾們的打賞。不過，精彩的還在後頭。表演完畢後，我們正想離去時，觀眾席上一對年青的男女，突然走上台上，餐廳的播音筒說了一些西班牙語後，音樂起了，在台上的他們也翩翩起舞了，他們越跳越投入，雖是穿著普通的 T 恤短褲，但舞蹈的技巧和步法，與剛才的表演者不遑多讓，實在太精彩了。當他們跳完後，當然得到我們熱烈的掌聲喇！舞台上平靜了片刻，音樂廣播又起了，另一張餐枱上的一對男女客人，勁自

走上舞台，跳起 Marinera 舞來了。這對看來是夫婦的中年男女，跳起舞來，更投入和熟練，女的嫵媚可人，男的深情款款，完全將台下的觀眾攝著了。哈！真想不到，在秘魯有這樣浪漫的體會。

曲終人散，始終要離開餐廳。在回程的途中，在酒店不遠處，是特魯希約著名的大學，我們旅行，很喜歡參觀當地的大學。在大學裏，你更能觀察到這國家的前途。大學內看不見學生，原來是暑假，所有的大學生都回家了。但大學門是開著的，我們也走進去

特魯希約的大學內

看看。當我們走不多遠，遇著一家大小的婆媳孫四人，也在大學內走動，數目交投，首先是婆婆先打招乎，她說的西班牙語我只好報以微笑，幸好她媳婦懂說英語，我們才明白婆婆想我們看她的孫女，孫仔練舞。大學暑假期間，很多空置的教室可以舉辦暑期課程，她的孫女孫仔就是在其中一個教室練舞。我們也就欣然答應，去為她的孫女孫仔打打氣。

在教室內，已有一個約六、七歲的女孩在練舞，看她手上拿著個盛了大半瓶沙粒的水樽，在一拐一拐的練著 Marinera 的舞步，導師很專心的教她，但看來此女孩並不享受。不久，輪到婆婆的孫女，孫仔跳了，她的孫女 5 歲多，孫仔 4 歲，但他們跳起來與剛才的小女孩有天淵之別，可能是開始學習的時間長短不同吧。孫女穿上了跳 Marinera 舞的大裙襬裙子後，開始練舞了。嘩！簡直是眼前一亮，

南美洲

只見這兩姊弟靈活的跳動起來，步伐和舞姿，跟我們剛才在餐廳內看的表演一樣美妙，只是童稚多些，嫵媚少些。啊！秘魯人的快樂，原來是從小由跳 Marinera 的舞步得來的！

看過精彩的小孩練舞後，別過婆婆和媳婦，我們要回酒店拿行李，乘夜車回利馬了。

姊弟倆跳著 Marinera 舞的美妙舞姿

練舞室內的婆媳孫

第二十九站 利馬 Lima (3)

☆秘魯獨有美食「孤兒」天竺鼠☆

1月26日早上，長途夜車到達利馬長途巴士總站，我們下午二時才可入住酒店，於是決定到利馬一所很多遊客都到訪的 Museo Arqueologico Rafael Larco Herrera（簡稱拉高博物館「Museo Larco」），坐的士的單程車費是 20PENSol。

拉高博物館 Museo Larco

到達 Museo Larco 已看見幾輛旅遊巴停在門口。進入 Museo Larco 門票 30PENSol/ 人，有長者門票 25PENSol/ 人，可以寄存輕便行李。

精英的陶器

拉高博物館 Museo Larco

拉高博物館是一間私人擁有的博物館。館內收藏了很多的精美陶器、金銀工藝品和羽毛制成的紡織品，古代用來記錄數據或事件的繩結，還收藏了前哥倫布時期的性愛陶器展覽，說明了古代秘魯人對性態度是相當坦率的。館內展品的說明都做得很好，很詳細，有西班牙語和英語外，還有其他的歐洲語言和日語。館內的藏品是按照年代順序，有系統的展示，有

莫切和查文時代的金銀寶石耳環

古代用來記錄數據或事件的繩結

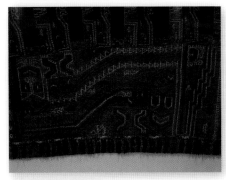

查文時期的紡織物

些還用漫畫方式介紹展品的歷史背景和文化，讓參觀者更容易認識和了解秘魯的印加文化和歷史進程。館內可以拍照，但不可用閃光燈。

拉高博物館本身是一所18世紀的大庭院，故庭院內有美麗的花園和餐廳。我們看罷展品後，就在此享受一頓美味的遲午餐了。

遊罷博物館後，便坐的士到幾日前在利馬住的安迪斯馬酒店（單程車費18PENSol），拿回寄存的大件行李後，便坐的士（單程車費8PENSol）到早前在港已訂的另一酒店，拉卡柏克客房酒店辦理入住手續。（這是一間私人旅館，不是酒店，在Miraflores市中心，房價USD75/晚，連早餐）

1月27日，早餐後，便開始在旅館樓下乘巴士到利馬的武器廣場。上次因適逢教宗到訪，很多值得遊的教堂和博物館都關閉，希望今次不再失望啦。

總統府換兵儀式

到達廣場，氣氛明顯的沒有上次教宗到訪時的緊張，拿盾荷槍的士兵也不見了。剛巧，遇著總統府正午時分的禮儀兵換崗儀式，我們隔著鐵欄柵看樂隊和操兵，紅白藍制服的儀仗兵們，很整齊和精神奕奕的列隊操

總統府正午時分的禮儀兵換崗儀式

排，有騎馬的、有步操的、軍樂團亦演奏秘魯的國歌，維持秩序的兵哥們守著崗位，有時更微笑地看看我們。

換兵儀式完成後，我們就匆匆忙忙的去看世上祇有二幅，一幅在利馬，一幅在庫斯科教堂出現的，很特別的《最後的晚餐》聖畫，在聖畫裏的餐桌上，二魚不見了，代替它的是秘魯獨有的天竺鼠。我因高山症，無緣到庫斯科看，那只好在利馬的聖方濟各修道院旁的修道院博物館內看此名畫了。

聖方濟各修道院

聖方濟各修道院博物館和地下墓穴
Museo y Catacumbas del Convento de San Francisco de Asis

聖方濟各聖殿、修道院和旁邊的博物館是個龐大的綜合建築物，它是利馬歷史中心的一部分，1991 年被列為世界遺產，它裏面的圖書館和地下墓穴非常著名。

博物館和地下墓穴是在聖方濟各修道院旁進入，要購入場票，17PENSol/ 人，包英語導遊，博物館內不准拍攝。

南美洲

博物館內收藏了很多聖壇名畫，其中一幅我最想看的名畫《最後的晚餐》桌上的是天竺鼠代替「五餅二魚」中的二魚，就畫在修道院內食堂的牆上，食堂內燈光暗暗的，加上名畫已畫了數百年，我要很細仔和專心才可看到天竺鼠的輪廓。天竺鼠代替二魚，聽說是因為天竺鼠的繁殖能力很高，曾助秘魯解決糧食荒，且天竺鼠肉質美味，是秘魯特有的美食，所以用它來代替二魚。

圖書館

博物館內的圖書館藏有 2 萬 5 千本非常名貴和古老的書卷，有十五世紀至十八世紀聖方濟各各會年代年記，秘魯印刷所初年編輯的一些書卷和羊皮紙稿、耶穌會士、奧古斯丁、本篤等大量作品。圖書館的藏書范圍也很廣泛，神學、哲學、歷史、文學、音樂、教會法和傳教法等等，還可以找到西班牙語、法語、葡萄牙語、拉丁語、意大利語等的聖經。

地下墓穴

在殖民時期，很多教堂和修道院都有地下墓穴，這樣直至 1810 年止。我們參觀的這所修道院地下墓穴，很多是以家庭為單位，有些先人的骨頭排列有致，有些則隨便放在一起，大約估計有 2 萬 5 千人葬在這裡，我們由導遊帶領參觀，都覺有些觸目驚心。

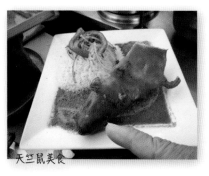
天竺鼠美食

參觀完修道院內的聖畫《最後的晚餐》桌上的天竺鼠後，就很想嘗嘗秘魯的天竺鼠。今天，真的是皇天不負有心人，我們在第一次避逅天竺鼠的臨時美食檔攤上，再次看到它們的踪影了，今次一定不放過。1/4 隻天竺鼠套餐不連飲料，13PENSol，超值，也超美味，它的味感和肉質感有些

像乳豬和兔肉的混合，比乳豬肉質纖密些，比兔肉鬆軟些，怪不得天
竺鼠是秘魯人的至愛，我也愛吃呢。

水池公園 Parque de la Reserva

從聖羅撒修女收容所外
的巴士站坐 301 號和 302
號 巴 士 往 Miraflores
方向，行駛約 10 分鐘
便到達水池公園入口
處。秘魯的人其實很友
善和樂於助人，我們坐
巴士的時候，就有乘客提
醒我們該在那一站下車到達
目的地。

大水池的水柱隨音樂舞動

一家大小享受水池公園的樂趣

水池公園很大，分兩部
分，由一條短短的行人隧
道相連着，是本地人和
遊客很樂意去的一個黃
昏和晚上的休閒區，在
我來說，是一個在利馬
一定要到訪的公園。門
票成人 10PENSol/ 人，
長者和小童半價。

進入公園後，最快映入眼簾的是一個大大的，水柱隨音樂舞動的
大水池，跟着的是無數的、各有特色的小水池。公園內繁花處處，萬
紫千紅，不同的花圃圖案設計，綠樹成陰下的長椅，都構成無數可供
拍攝的畫面。

月亮下的噴水池

過了行人隧道，這邊的公園面積更大，大小面積，各具特色的水池更多，人流也不少，有小食亭、遊戲攤位等等，很多本地的秘魯人都喜歡黃昏後到這裡來逛逛。我們坐在長椅上晚餐，悠閒的看著周遭的人群。有的是一家大小，有的是情侶相相，更有一羣羣的年青人，三五成羣在此玩水和拍照，一片歡樂和諧的景象。

晚幕低垂，水池公園內真正的高潮時刻到了，是晚上七時正，各水池的燈光即時亮起，有的隨著音樂改變燈光顏色和水柱強弱，有的不停地隨著緩緩的流水轉換不同的燈色。人群開始移動到最大的水池旁了，我們也跟

隨著音樂改變燈光顏色和水柱強弱

隨着走去。大大的長方形的水池，被花圃和欄杆隔開人羣，無數的水柱先跟隨音樂高低左右的舞動，繼而水池內的燈光顏色也不停的變動，人羣的情緒開始高漲起來了。我看到一隊隊的旅行團由導遊帶領，走到有利的位置停下來開始不停的拍攝。水池中的水柱不停的變動，剎時間，水柱霧化了，變成了一片巨大的屏幕牆，屏幕牆上開始播影一段段的影片，有秘魯山區的民族歌舞和節目慶典儀式，山區的策馬趕

羊，啊！還有跳 Marinera 的舞蹈表演，站在水池旁的人，情緒高漲到了頂點，時常要勞煩維持秩序的工作人員請他們站回圍欄外，或從圍欄上下來。跟著是激光表演，一束束的激光打在水柱形成的屏幕上，一時是太空船，一時是穿梭機，千變萬化，小孩子的歡叫聲，大人的讚嘆聲不絕於耳。

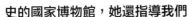

霧化的水屏幕牆上播影影片

高潮過後，燈光沒有了，人羣也開始散了，我們在公園出口處附近的巴士站乘車回酒店了，當時是夜上九時許。

激光打在水柱形成的屏幕上

1 月 28 日，早餐過後，旅館的老板娘介紹我們到利馬國家辦的考古學，人類學和秘魯歷史的國家博物館，她還指導我們甚樣乘坐往 Avenida Brasil 的巴士，中途叫車長提醒我們下車，下車後走約八分鐘的一段小路就到了。

南美洲

秘魯國家考古學，人類學和歷史博物館
Museo Nacional Argueologia，Antropologia Historian del Peru

此博物館位於 Pueblo Libre 區 Bolivar廣場內，原來是秘魯境內最大，最古老的一間博物館，館內有很多展覽廳，超過10萬件展品，從有人類生活在秘魯地區的石器時代開始，到公

秘魯國家考古學人類學和歷史博物館

元後的莫切文化，查文文化，印加帝國到西班牙殖民時期，再到現在獨立建國，都分在不同的展覽廳內展覽，不過註解文字是以西班牙文為主。我們只好看圖識字，也可對秘魯的歷史和文化，多一層的認識。此博物館的藏品、環境、展品分列的排序和註解，雖然比任何一間在利馬的博物館細仔和精彩，但奇怪的是，人流不多，沒有旅行團到來參觀，可能是沒有與旅行社掛鈎吧，只有識途老馬者才在此溜覽。博物館下午18：00 關門，17：45 分已開始趕人離開，我們祇參觀到西班牙殖民時期的展覽廳，就要離開了，有點可惜。

殖民時代的交通工具

南美洲

殖民時期的宗教
信仰沿信至今

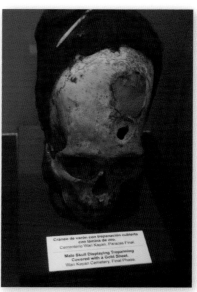

博物館內的長頭顱人骨（古時的印加人
相信人的腦袋越長就越有智慧和能力，
所以他們從小就把嬰兒的頭顱繫得長長
的，以作為日後領袖的人選）

殖民統治時期之前的墓葬群

離開博物館，我們坐小巴到利馬的唐人街吃晚餐，順道溜覽一番。

利馬唐人街 Barrio Chino de Lima

利馬唐人街

在等小巴時，小巴上的售票員，高呼目的地的發音竟是「唐人街」，哈！真有趣。

外國唐人街的招牌佈置，就是中國飛簷式的紅柱綠瓦牌坊，牌坊上方的牌匾寫著「中華坊」。

我們走進中華坊內，兩旁的街道都有中國字的店鋪和食肆，不過，很奇怪的，在別國的唐人街，你會遇到很多中國人，這裏的唐人街，大部分都是秘魯人，中國人反是寥寥可數。我問店鋪內的中國人為什麼，他說大部分的中國人是店鋪的老板，員工都是秘魯人，打工的中國人都回中國去了。

1月29日早上還有幾小時才需坐的士到飛機場，坐飛機到墨西哥城（機票價 HKD2034/ 人），於是便到離旅館約 20 分鐘步程的臨海「情人公園」Parque de Amor 去逛逛。

唐人街內的中國人店鋪

情人公園
Parque de Amor

情人公園位於瑪利幹 Malecon de la Reserva 沿海高地的一個既浪漫又美麗的懸崖花園草坪上。這裏公園內有個大大的男女相擁塑像，周邊圍着彎彎曲曲，貼滿了七彩 mosaics 瓦片的長椅，和滿園春花，油油綠意的浪漫公園。公園內有條小路，沿著懸崖邊興建，懸崖下有長長的沙灘圍繞著，沙灘外是茫茫的太平洋海，海浪中浮沉著一隻隻的衝浪滑板和衝浪健兒。我們在小路上牽手慢行，有着天涯海角，相守到盡頭的浪漫。

公園內的男女相擁塑像

南美洲

沿着小路向前行，是另一個更大的公園區，這裏有玩高空降落傘的場地，有大大的公園草坪區，有兒童遊樂場，有綠陰下的長椅，男女老幼，都可以在這兒找到他們的快樂，安閒。

浪漫公園內的七彩瓦片矮牆長椅

我們繼續向前行，到達海旁燈塔 LA Marina Lighthouse。我們在燈塔附近坐了一會，享受這兒的浪漫和幸福感便回程了。

懸崖上的燈塔和懸崖下的太平洋

沒有毛髮的秘魯狗

懸崖下的衝浪健兒

海旁燈塔 LA Marina Lighthouse

墨西哥城的憲法廣場

第三十站 墨西哥城 Mexico City

☆罪惡之城？非也，是充滿驚喜的藝術之都！☆

墨西哥城是墨西哥的首都，也是該國的政治，經濟和文化中心。它是在 16 世紀時，西班牙征服者打敗中美洲的印地安文明——阿茲特克帝國之後，將該帝國本來的首都夷平，再在廢墟上重建而起的一個新西班牙的首都，所以在墨西哥城的舊區內，你可以看見無數的西班牙式建築物。墨西哥城是世界海拔最高的都會區，平均高度為海拔 2240 公尺，比拉巴斯低 1400 公尺，但也屬高原氣候，全年日間平均氣溫都在 22-25 攝氏，晚上則低至 3-12 度攝氏，所以要帶備寒衣。

從飛機俯瞰的墨西哥城

華燈初上的憲法廣場

我們的飛機在晚上 23：35 飛抵達墨西哥城。在出發旅行前，網上說墨西哥城是「罪惡之城」。我們在下飛機前都有些擔心，但在南美兩個多月的見聞，覺得親眼目睹才是最真實的。當我計劃在南美自由行時，有很多朋友都為我擔憂，因南美的巴西、阿根廷、智利、秘魯等的治安記錄，是強差人意的。但我和外子到過世界各地自由行（除了戰地），覺得每個城市的人其實都差不多，沒有絕對的好人，也沒有絕對的壞人，一切自己小心便是。

深夜抵達機場，人流不太多，在機場出口處訂了的士到市區，原來是政府規定的劃一收費，深夜附加費 USD5，即單程 USD30 由機場至市區酒店，車程約 30 分鐘。

車行在黑暗的街道上，靜靜的，店鋪已關門，不見人影，流浪漢也看不到。平安到達歷史中心酒店（當地 4 星級，房價 HKD810，連早餐），就在憲法廣場附近。

1 月 30 日早餐後，便開始到憲法廣場走走，順道看看我們今晚轉去住的超 5 星級，就在憲法廣場旁，殖民時期的建築物修建而成的墨西哥城格蘭大酒店 Gran Hotel Ciudad de Mexico（房價 HKD1190/ 晚，冇早餐，冇退款）。此酒店在網上標榜著為一間歷史悠久，很有殖民時期格調和風韻的大酒店，它自己本身就是一個旅遊景點。

從歷史中心酒店出來，走在街上，聽到一陣陣的抗議聲，再走數步，看到很多拿著旗幟，拉著橫額，口喊口號的墨西哥人在街上遊行抗議。問旁邊的行人，原來是要求政府正視失業問題。再向前行，就是憲法廣場了。

在街上遊行抗議的隊伍

憲法廣場 Plaza de La Constitucion

大神廟遺址前的空地

憲法廣場是墨西哥古城中心的主廣場，是墨西哥人聚集的地方，歷史上的重大的儀式，總督宣誓就職，宣佈文告，閱兵儀式和宗教活動，接待外國元首，國家慶典和全國性抗議活動等，均在此廣場舉行。

憲法廣場是世界上最大的廣場之一，大大的廣場中央插著一根旗杆，上面飛揚著一面巨大的綠白紅墨西哥國旗。廣場北是墨西哥主教座堂，東是國家市政廳，南是聯邦區大樓，西是原門戶商品交易所，東北

角是大神廟遺址，西北角是國家典當行，西南角就是我們今晚住的墨西哥城格蘭大酒了。

墨西哥城格蘭大酒店外和內

墨西哥主教座堂 Catedral Metropolitana

墨西哥主教座堂是墨西哥城總教區的天主教座堂，也是美州最大和最古老的天主教座堂。它是興建在從前阿茲特克神廟舊址上面，1573 年建造，1813 年完成，西班牙哥德式的教堂式樣。我們到訪的時候，有部分禮拜堂對公眾開放，內裏的祭壇金光華麗，還有很多繪畫和雕塑。

墨西哥主教座堂

金光華麗的祭壇

降旗儀式

　　每天的黃昏，太陽西下時，廣場上也會舉行隆重的降旗儀式。我就是在第一天到達廣場，正在廣場上遊得興高彩烈時，看到一列列的軍隊從軍車上下來，每人都荷著長槍，我嚇了一跳，以為有什麼政變發生，後來旅遊咨詢中心的職員安慰我說，兵士們的長槍不是真槍，只是用在降旗禮上的裝飾，這才知是降旗禮的一種儀式，真大鄉里。

拿著長槍的兵士們準備參加降旗禮

中美洲

向國旗敬禮的兵士們

升旗儀式

　　1月31日，早上太陽升起時，我們被廣場上的號角聲吵醒，趕快的梳洗後，便走出酒店，看著一隊隊的軍人從國家市政廳出來，列隊站好崗位後，跟著的一隊軍人就會抬著長長的，重重的，卷著的國旗出來，莊嚴地把國旗升到中央的旗杆上。這廣場上，不分晴雨，寒熱，每日的早上都有的升旗儀式。

　　由廣場到索馬亞博物館，可在附近地鐵車站 Zocalo 乘搭地鐵到另一地鐵站 Polanco 下車，再轉乘的士到便可，的士車資 40MXNpeso.

索馬亞博物館
Museo Soumaya

　　我們到墨西哥城，其中一個一定要到的景點，就是索馬亞博物館。我在一次電視節目中看過此博物館的外型，就被它的銀光熠熠的外表迷著了。到我真的親眼目睹此龐然大物的藝術品建築物時，我簡直歡喜若狂，我看著它美妙的流線型外型，銀光爛爛的外殼，它簡單但不平凡的建築設計，在我內心產生一種莫名的興奮

索馬亞博物館

和讚嘆，博物館本身的設計已是現代一所不可多得的建築界藝術品。

壯觀的索馬亞博物館

博物館內的收藏，也不會令人失望。它的螺旋形斜道會帶你看墨西哥富人卡洛斯斯利梅 Carlos Slim 各類型的收藏品，包括很多近代的名畫和雕塑，無數的象牙雕刻展品，精美又細緻，其中還有不少具有中國色彩和東方色彩的藝術品，是值得花一整天溜連的地方。入場免費參觀。

從索馬亞博物館坐的士再轉乘地鐵到舊城區的歷史中心地區，在 Bella Artes 下車，出地面後就是美術展覽廳 Palacios de Bella Artes。

索馬亞博物館內的展覽廳

索馬亞博物館內的象牙雕刻

美術展覽廳 Palacios de Bella Artes

這所美麗的龐然大物是一所多元化的文化藝術中心，每年在中心內舉行的有音樂，舞蹈，歌劇等表演，亦有名畫，雕塑和其他美術品展覽。每天傍晚六時至八時，免費開放。內裏的美術展品豐富，有墨西哥的歷史文物和近代

美術展覽廳外的景色

的名畫等等。當晚，在展覽廳外等待進場前的小廳裡，就搭建了名畫家梵高生前住過的小房間，參觀者可排隊進入拍照。

在梵高生前住過的小房間內拍照

在美術展覽廳附近，是舊城區的中心地帶，周圍有很多歷史建築物和博物館，其中亦有不少新的大廈，如拉丁美洲塔 Torre Latinoamericana，它是當地其中的一個地標，高高的塔頂上有個報時鐘，塔內也有間出名的博物館 Museo de Ejerato y Fuerza Aerea Mexicanos Bathlemitas。我們因時間不充裕，所以沒有進入參觀。

拉丁美洲塔下的展覽小廣場

第五家郵政局 La Quinta Case de Correos

是一所仍在營運中的舊式郵政局，內裏的美樑金柱，雕花的天花板，十八至十九世紀初年代的燈飾和佈置，都值得一遊。

郵政局內的美樑金柱和天花

中美洲

在墨西哥城停留三晚，只有二天時間遊玩，其實是很不足夠的，在歷史中心區內還有很多值得遊覽的古蹟，如刑罰博物館等，也有很多新時代的展覽廳，下次一定計劃重來。

刑罰博物館 Museum de Tortura

墨西哥城的居民，多來自移民，以南美洲的移民最多，雖不算熱情，但也頗友善，冠以「罪惡之城」，我覺得過火了。這裡的人雖不富裕，但也有尊嚴，隱隱中還透著點藝術家脾氣。

藝術工作坊內的展品

墨西哥城機場內的展品

墨西哥城位處南北美洲中間，人民有著北美洲人的時代感和衝勁，也有著南美洲人被殖民統治的無奈和悲傷，這裏有大都會的條件，卻無大都會的功利，這裏的生活水準較其他大都會低，加上新與舊的對立，成與敗的衝擊，是孕育藝術家最佳溫床。

我們晚上在歷史中心區的街道上走回酒店途中，看到很多藝術工作坊和展覽廳，很多識途老馬遊客在品評和欣賞各展品，其熱鬧之情有如在遊覽一處南北美洲共溶的藝術之都。

2月1日中午，由墨西哥城飛往美國的西雅圖。我們訂了酒店的 VIP 專車到機場 USD25 單程，安全快捷。

圓滿的尾站 西雅圖 Seattle

☆完美的探親之旅☆

　　西雅圖是美國的「翡翠城市 Emerald City」，一個清新、美麗而又翠綠秧然的地方，我們半年前已在此城市住了兩個月，遊遍這裏的旅遊景點，也盡享這兒的清新空氣。今次，再重臨西雅圖是因為要探望我們剛剛降臨人間的小孫兒，和縮短飛回香港的時間，如由南美飛回香港，需時差不多 30 小時的坐飛機時間，實在吃不消。我們這段旅程沒有計劃在西雅圖到處遊，所以亦不打算介紹這裡的旅遊景點了。

弄孫樂

北美洲

　　在西雅圖的幾天，是個既溫馨又愉快的家庭聚會，孫兒精靈可愛，十分討人喜愛，兒媳孝順體貼，這是個十分圓美的旅行尾站。

　　2 月 5 日，回到香港，一個熟悉又充滿活力的現代化城市。

後記

南美洲除了巴西是說葡萄牙語外，大部分的國家都是說西班牙語，所以在準備出發到南美洲自由行，最好是學一些平時多用的西班牙語。可以上網學，或買書自學，或到圖書館借書和光碟自學，又或在手機安裝 Google Translate，那麼出門就不困難了。

如果你懂英語，學西班牙語並不困難，它與英文約有 10％相似，好像中文和日文一樣，他們的祖宗都是同屬印歐語系變化出來，祇是發音各異，文法亦各自發展。

以下是些我在南美旅遊中的常用西班牙語：

完美的	Perfecto（抱佛朵）
完成	Complete（抗 ple 得）
早晨好，今天好	Buenos Dias（潘露絲 D 呀 s）
下午好	Buenos Tardes（潘露絲 Tar 爹 s）
晚安	Buenos Noches（潘露絲囉遲 S）
值多少錢？	Cuanto es el valor（關刀阿絲 el where la）
在那裡？	Donde.（噹爹）
為什麼？	Por Que（撲 基）
幾時？	Cuando（關到）
廁所，洗手間	Bano /WC.（Ban 喲 /WC）

冷熱	Frio/Caliente. (free o/ 卡尼 an 蒂)
糖	Azucar （亞蘇架）
鹽	Sal. (sale)
雞肉	Pollo （坡喲）
牛排	Filete （腓叻 te）
豬肉	Cerdo. （賒度）
麵包	Pan （班）
一	Uno （烏佬）
二	Dos （多事）
三	Tres. （炊事）
四	Cuatro. （葛度）
五	Cinco. （先告）
六	Seis （死士）
七	Siete. （士 at 蒂）
八	Ocho. （柯曹）
九	Nueve. （唔奈肥）
十	Deiz. (D ei 扶)

退休逍遙遊 (1)

作　　　者： 余陳賽珊
編　　　輯： Annie
封 面 設 計： Steve
排　　　版： Leo
出　　　版： 博學出版社
地　　　址： 香港香港中環德輔道中 107-111 號
　　　　　　余崇本行 12 樓 1203 室
出 版 直 線： (852) 8114 3294
電　　　話： (852) 8114 3292
傳　　　真： (852) 3012 1586
網　　　址： www.globalcpc.com
電　　　郵： info@globalcpc.com
網 上 書 店： http://www.hkonline2000.com
發　　　行： 聯合書刊物流有限公司
印　　　刷： 博學國際
國 際 書 號： 978-988-79343-2-5
出 版 日 期： 2018 年 12 月
定　　　價： 港幣 $88

Published and Printed in Hong Kong
如有釘裝錯漏問題，請與出版社聯絡更換。